백령도에 새긴 계양산행 저널

백령도에 새긴 계양산행 저널

발행일   2022년 06월 24일

지은이   성낙영
펴낸이   손형국
펴낸곳   (주)북랩
편집인   선일영   편집   정두철, 배진용, 김현아, 박준, 장하영
디자인   이현수, 김민하, 김영주, 안유경, 최성경   제작   박기성, 황동현, 구성우, 권태련
마케팅   김회란, 박진관
출판등록   2004. 12. 1(제2012-000051호)
주소   서울특별시 금천구 가산디지털 1로 168, 우림라이온스밸리 B동 B113~114호, C동 B101호
홈페이지   www.book.co.kr
전화번호   (02)2026-5777   팩스   (02)2026-5747

ISBN   979-11-6836-357-1 03810 (종이책)   979-11-6836-358-8 05810 (전자책)

끝의 시작, 인생은 우연이란 것이 있기에 계속된다

백령도에 새긴
계양산행 저널

성낙영 산문집

북랩

계양산 계성봉에서 삐삐와 함께
(어느 산행객이 찍어준 선물 같은 사진)

●
'

코로나 상황에서 적극적으로 빠져나와 일체유심조라는 말에 따라 새로운 생활이 시작되는 변화의 변곡점을 찍기 위해 백령도에 갔답니다. 정부가 코로나 팬데믹 종식을 위한 조치로 외부 마스크 착용 해제를 시행한 것이 동기가 되었지요.

계양산 아래로 이사와 산행하며 1년 6개월 정도를 보내는 가운데 코로나 팬데믹이 되면서 생활의 어려움이 생기는 것 같아 마음으로 이겨내고 새로운 좌표를 세울 일을 찾기 위해 더 열심히 산에 올랐습니다.

약 30년 전 불운을 만났을 때 10년 동안 서산의 팔봉산에 다녔더니 불운에서 벗어날 수 있었기에 그랬던 것이랍니다.

그러나 그렇게 4년 동안 매일 만난 계양산은 좋은 기억을 떠올리게 했어도 좌표를 세울 일이 생기게 하진 않았지요. 그러던 어느 봄날 서산 삼길포로 바지락을 캐러 갔다가 삼길산에 오르자 그동안 추진했던 일을 계속한다면 새로운 좌표가 되리라는 것과 또한 그러기 위해서는 처음부터 다시 시작하는 마음을 가져야 한다는 것을 깨달았습니다. 그런데 그렇게 해야 할 일이 있는 곳과 가까운 곳이 백령도랍니다.

차례

제1장

백령도에 가는 것은

마음가짐

　목요일이었던 5월 5일 어린이날 아침 7시 50분에 인천항연안여객터미널에서 배를 타고 백령도로 향했습니다. 그런 여행계획을 가질 수 있었던 것은 정부가 코로나 상황을 종식하기 위해 실외 마스크 착용 해제라는 첫 번째 조처를 한 것이 외부적 동기가 되었답니다.

　그리고 이루고 싶은 2가지 일을 포함하여 현재 하는 영어교육이 유종의 미를 거둘 수 있도록 사즉생(死卽生)의 각오로 임하기 위해 백령도에 인생의 변곡점을 찍으려는 것이 내부적 동기였지요.

　백령도는 인천시 옹진군 백령면에 딸린 섬으로 인천항에서 북서쪽으로 약 178㎞ 떨어진 서해 최북단의 섬입니다. 북한의 장연군에서 약 10㎞, 장산곶에서 15㎞ 떨어져 있는 백령도는 북한과 가장 가까운 곳에 있으며 ㄷ자 모양으로 원래 이름이 곡도였으나 따오기가 흰 날개를 펼치고 공중을 나는 모습처럼 생겼다 하여 백령도라고 부르게 되었답니다.

　중국 산둥반도에서 닭이 울면 백령도에서 들을 수 있다는 말이 있을 만큼 중국과 가까운 섬으로 중국 산둥성 룽청에서 백령도까지는 187㎞의 거리랍니다. 그래서 인천시는 오래전부터 계획해왔던 백령도와 중국 사이를 3시간 정도 걸리는 쾌속선으로 잇는 국제여객선 항로 개설을 추진하고 있답니다.

중국 전문 언론인이 되겠다는 계획은 이미 세월과 함께 떠나갔지만, 학생들에게 영어를 가르치며 고안해 냈던 '단순하지만 집중력을 키우는' 당구대를 중국에서 생산하려고 했답니다. 그러면서 중국 광저우에 있는 당구용품 생산 지역과 상하이 인근 저장성 중부에 있는 이우 시장에 다녀오곤 했는데 그것이 평생 바라왔던 두 가지 일 가운데 하나랍니다.

그리고 다른 하나는 북한과 교역하며 북한을 여행하는 것이지요. 북한과 교류는 위치적으로나 시대적으로 필요하게 되었습니다. 몸의 염증이 곪아 터질 때가 되었거나 고여 있는 물이 썩거나 흘러넘칠 때가 되었지요. 이 상태가 계속된다면 우리나라와 북한에 미치는 영향은 루즈-루즈가 될 것이 당연하니 서로 윈-윈 할 수 있도록 해야 합니다. 아무리 될 일은 된다고 하더라도 만신창이가 된 후 외부 세력에 의해 고쳐진다면 한반도는 또 한 번 비극을 맛보게 될 것입니다.

한반도에 사는 한 사람으로서 그동안 우리나라 최남단의 섬인 마라도와 동쪽 끝의 독도까지 가보았으니 서북단인 백령도에 간다면 그 기운이 퍼져 북한에도 갈 수 있게 될 것입니다.

코로나 상황에서 벗어나 처음부터 다시 시작하겠다는 각오와 희망을 안고 나섰던 백령도 여행이었습니다.

뱃멀미

　5월 5일 어린이날에 백령도로 출항하는 배표가 일주일 전에 매진되었으나 3일 전 '백령여행사'를 통해 취소한 사람들의 표를 예약할 수 있었지요. 그리하여 7시 50분에 출항하는 배를 타기 위해 승용차를 타고 연안부두로 향했습니다. 7시 10분까지 여객 터미널에 있는 사무실로 오라고 했기에 20분 전쯤에 여객 터미널로 향하는 마지막 좌회전 길에 들어서려고 했더니 이미 차들이 꼬리를 물고 도로를 채워버렸더군요. 자동차를 터미널 주차장에 주차할 계획이었는데 아무래도 늦을 것 같아 아내에게 먼저 여행사 사무실에 가라고 하면서 차를 주차할 다른 공간을 찾아 나섰답니다. 다행히 아파트 단지와 가까운 한적한 도로에 주차한 뒤 터미널까지 걸어갔습니다. 그리고 터미널 앞에서 기다리고 있던 아내와 만나 바로 백령도로 향하는 하모니호에 올랐습니다. 배는 만석이었지요.

　날씨도 무척 좋았습니다. 그런데 인천대교 아래를 지나 섬이 보이지 않는 지역에 들어서면서부터 배가 출렁이기 시작하더군요. 그러면서 속이 메스꺼워졌는데 다른 사람들이 배의 벽에 부착된 봉투를 가지러 움직이기 시작했고 승객들을 도우려는 승무원들의 움직임도 빨라졌습니다. 그러더니 아내가 화장실에 가겠다며 벌떡 일어나 이석하자마자 선장의 안내방송이 나왔습니다.

"장산곶 부근의 거친 파도로 배가 출렁이니 승객 여러분은 안전에 유의하시기 바랍니다."

그 순간 과거 부모님과 함께 울릉도 여행을 위해 배를 타면서 겪었던 멀미가 기억났지요. 그때 뱃멀미를 겪으며 '차라리 죽는 게 낫다.'라고 말했을 만큼 고통이 있었는데 혼이 빠졌다 들어왔다고 할 정도로 보통 고생한 것이 아니었습니다. 그랬음에도 불구하고 그런 뱃멀미를 또 겪게 되었습니다.

백령도로 향하는 배는 자동차를 싣고 쾌속으로 달리는 큰 카페리였습니다만 그리 거세지 않은 파도의 너울에도 흔들렸습니다. 다행히 울릉도에 갔을 때만큼은 아니었지만 그때 상황이 떠오르며 다시는 배를 타지 않겠다는 말이 입 밖으로 저절로 흘러나오더군요.

아내는 배가 소청도에 도착할 때쯤 얼굴이 하얗게 되어 돌아왔습니다. 화장실에서 아침에 마신 커피조차 다 쏟아내고 배의 흔들림이 약해지고 나서야 멀미가 조금 진정됐다고 했습니다. 어쨌든 배는 다시 소청도를 떠나 대청도를 경유한 뒤 인천항을 떠난 지 4시간 만에 백령도에 도착했습니다.

배에서 내려 밟은 백령도는 그야말로 맑은 공기를 폐부 깊숙이 담아주며 뱃멀미가 싹 가시도록 해주었습니다. 그리고 부두에 대기하고 있던 백령 여행사의 버스를 타고 숙소인 아일랜드 캐슬에 도착했지요. 그러면서 바로 방에서 여장을 푼 뒤 숙소 옆에 마련된 식당에서 점심을 먹었는데 할머니가 마련한 모든 음식이 소위 집밥처럼 맛있었답니다. 식사를 마친 뒤 여행사의 박 부장이라는 분이 직접 버스를 운전하며 백령도 관광에 나섰는데 그분의 설명은 너무 유익했으며 입담 또한 재미있어서 지루한 줄 몰랐지요. 버스를 타고 찾아간

곳은 심청각과 중화동교회, 천안함 46용사 위령탑, 용트림 바위, 콩돌해안, 사곶해변, 진촌리 현무암이었습니다. 두무진은 유람선을 타고 둘러보았는데 백령도의 지질공원은 자연 그대로인 것이 너무 좋았고 절경은 섬 내부의 5월 수목과 어우러져 조금의 거슬림 없이 눈을 통해 마음에 삼삼하게 담겼답니다. 그런 가운데 지금도 귓전에 남아 있는 소리는 콩돌해안에 갔을 때 그곳의 가이드가 마이크로폰을 통해 하는 말이었습니다.

"제 고향을 찾아주셔서 고맙습니다."

그 말을 듣자 새삼스럽게 내 고향 인천이 그리워지며 콧날이 시큰해지더군요. 고향을 찾아 주어 고맙다는 말이 아무리 형식적이었더라도 무척 듣기 좋았고 우리나라 사람들 모두 그런 마음의 자세가 되어야 각 개인이 잘 살고 우리나라가 국제적 위상을 갖출 수 있을 것이란 생각이 들었습니다.

울릉도 여행이 아직도 생생히 기억되는 것은 뱃멀미 때문이었듯이 백령도 여행 역시 뱃멀미가 있었고 또한 자연 그대로의 모습과 박 부장, 가이드, 통닭집 여사장, 백령도 청정식품 영농조합의 김명옥 사장의 좋은 인심과 다정하고 친절한 언행이 있었기에 백령도를 찾아 새겼던 마음가짐은 영원히 지워지지 않을 것입니다.

안개

　인천으로 배가 출항할 시간인 낮 12시 50분까지 버스로 백령도 관광을 계속하기 위해 아침 일찍 일어났는데 안개가 심하게 끼어있었습니다. 그 상태라면 배가 출항할 수 없을 것이라는 불안한 예감이 들더군요. 아침 식사 후 버스에 올랐더니 박 부장이 인천에서 아침에 배가 뜨지 못하면 하루를 더 머물러야 한다고 했습니다. 그러더니 오전 10시를 넘어서자 인천에서 출항이 취소되었다는 여객선사의 전화 메시지가 들어왔습니다. 그러자 나머지 백령도 관광이 재미없게 느껴졌습니다.

　그때 박 부장은 과거 여행자들의 예를 말해주며 위로해주기 시작했습니다.

　"백령도에 들어오는 것은 마음대로지만 나갈 때는 마음대로가 아니랍니다. 그러니 차라리 마음을 비우고 그동안 육지에서 열심히 일했기 때문에 공기 좋은 자연 속에서 더 쉴 수 있는 권한을 받았다고 생각하시면서 하루 더 편하게 지내시기를 바랍니다. 엎어진 김에 쉬어가라는 말도 있잖습니까?"

　그 말을 듣고 그렇게 마음먹으려 했지만 돌아가서 해야 할 일이 있기에 하루를 헛되이 보내는 것이라고만 여겨지더군요. 마음을 추스르기 위해 별의별 생각을 다 하다 인천 시내에서 지내는 것처럼 파리

바게트와 카페배네를 찾아 커피를 마시며 시간을 보낸 뒤 또봉이 통닭집에 갔습니다. 동네 이장이라는 분이 운영하는 치킨집인데 마침 부인이 빗물 배수관을 고치고 있더군요. 그래서 고치는 것을 도와주면서 대화를 나누게 되었답니다. 그분의 남편은 볼일이 있어 육지로 나갔는데 안개 때문에 돌아오지 못해 자신이 직접 손을 본다고 하더군요. 잠시 후 수리를 마친 뒤 프라이드치킨을 주문하여 숙소로 가져가겠다고 했더니 도와주어 고맙다며 닭가슴살 튀김을 한 박스 더 챙겨주었답니다. 그래서 숙소로 돌아오는 길에 마트에 들러 막걸리도 사서 그것들로 저녁 식사를 대신했지요.

다음 날 아침에 눈을 뜨자마자 궁금했던 것은 날씨였습니다. 다행히 안개가 없는 맑은 날씨였기에 오늘은 돌아갈 수 있다는 희망이 생기자 몸과 마음이 한층 더 가벼워졌습니다. 아침 식사 후 다시 백령도 관광에 나서면서 원래 예정에 없었던 백령도 용기원산(136.1m) 아래까지 버스로 이동한 뒤 그 산에 있는 끝섬전망대에 걸어서 올랐지요. 그런 다음 다시 버스로 이동하여 김명옥 사장이 운영하는 백령도 청정식품 영농조합에 들러 다시마와 가시리를 산 뒤 점심때가 되어 메밀냉면집에서 냉면을 먹었답니다.

그런데 백령도 끝섬전망대에 가면서 해병대에서 군 복무 중인 제자 규석에게 연락해보겠다는 생각이 들었답니다. 백령도 배를 타자마자 그와 통화하면서 면회하러 가겠다고 했더니 코로나 때문에 면회가 금지되어 만날 수가 없다고 했었지요.

그랬던 그에게 다시 전화했더니 그는 바로 전망대 옆에 있는 부대에 있었습니다. 우리는 멀리서나마 서로 바라보며 통화했는데 통화를 마치자 가슴에 강렬한 의욕이 솟구쳤습니다. 그러면서 예전처럼 많은 학생과 지내는 장면이 연상되더군요.

　백령도에 들어왔다가 안개 때문에 정해진 날에 돌아가지 못하게 되자 그날이 헛될 것이라고만 생각했었는데 그게 아니었습니다. 내 마음을 새겨놓을 마땅한 장소를 찾지 못했는데 하늘은 내게 백령도에서 하루를 더 머물게 한 뒤 끝내 또 산에 오르게 했던 것입니다. 그러면서 그곳에 마음을 새기도록 하면서 세상을 내 뜻대로만 살아나갈 수 없다는 깨달음의 선물까지 주었습니다.

　지금까지의 내 인생은 내 뜻대로 살아왔다기보다는 실수까지 더해져 옆으로 빠져버리면서 다른 삶을 살아온 것 같았지요. 그렇게 되도록 설정된 것이 내 운명이었는지 모르지만 어쨌든 이참에 과거를 되돌아보니 지금껏 해온 많은 일 가운데 내 뜻대로 이루어졌던 것이 그리 많지 않았다는 것을 알게 되었습니다. 그런데도 이만큼 살아올 수 있었던 것은 자주 선물처럼 내려주는 하늘의 돌봄이 있었기 때문이었을 겁니다.

　인생이 어떻게 펼쳐질지 하늘만이 아는 일이라고 하는데 그동안 해왔던 일들을 집대성시키기 위한 변화의 변곡점을 찍었던 백령도를 하늘은 나와 또 다른 인연으로 맺어줄지 모른다는 생각이 들었습니다. 울릉도에 이장희 씨가 있다면 백령도에 어쩌면 내가 있을지도 모른다는 그런 생각 말이지요.

영시의 다이얼

　러시아의 우크라이나 침공으로 우크라이나에 많은 사상자가 발생하고 있으며 세계가 긴장하고 국제유가가 급등하는 등 우리나라도 위협을 느끼며 경제상황도 어려워지고 있답니다. 그렇지 않아도 코로나 때문에 힘겨운 날에 전쟁까지 벌어졌으니 설상가상입니다. 전쟁으로 인해 경유가 휘발유보다 비싸게 되었다니 경유를 주입할 때마다 러시아의 푸틴이 원망스러운데 그가 전쟁을 끝내 유가 등 경제적 안정이 찾아오길 바랍니다.

　러시아의 전쟁으로 생각나는 책이 있답니다. 러시아의 대문호 톨스토이가 쓴 장편소설 『전쟁과 평화』지요. 그 소설에는 19세기 프랑스의 러시아 침공에 따른 전쟁 상황을 통해 삶의 의미와 사랑을 깨닫게 되는 과정이 담겨있는데 많은 언어로 번역되어 전 세계의 독자들에게 읽히더니 미국의 파라마운트 영화사가 오드리 헵번과 헨리 폰다, 멜 파라를 주연으로 세워 영화로도 만들었지요.

　그 영화에서 전쟁에 나가 부상을 입고 고향에 돌아온 안드레이가 백작의 딸 나타샤를 만나 사랑에 빠지면서 무도회에서 왈츠를 추는데 그때의 곡이 바로 '나타샤 왈츠'랍니다.

　고등학교 시절 이탈리아 영화음악가인 니노 로타가 작곡한 '나타샤 왈츠'를 폴 모리아 악단의 연주곡으로 관제 엽서에 사연과 함께 적어

한밤의 라디오 음악 프로그램에 신청하여 듣곤 했답니다. 그 시절 동아방송 라디오의 한밤 음악 프로그램인 '영시의 다이얼'은 청소년에게 인기가 높았었는데 가수 이장희 씨가 DJ를 했었지요.

가수 이장희 씨 노래의 인기는 대단했었답니다. 그의 노래는 모든 방송에서 시도 때도 없이 흘러나왔고 동네 전파사들마다 레코드판이 닳아빠질 정도로 틀어댔답니다.

'나 그대에게 모두 드리리', '그건 너', '한잔의 추억' 그 당시 친구들과 함께 학교라든지 북한산에 올라서라든지 어느 곳에서라도 그의 노래를 부르며 흥을 돋우었지요.

'영시의 다이얼'의 시그널 뮤직은 Zager &Evans의 'In The Year 2525'이었는데 지금도 가끔 그 멜로디를 흥얼거릴 정도로 마음에 남아있답니다. 하지만 그런 프로그램도 그런 방송사도 사라지고 말았지요. 군부 독재정권이 저지른 어처구니없는 강제 언론통폐합 때문이었는데 그런 일이 다시는 없어야 할 것입니다.

그런데 그 시절 그 프로그램에 신청 곡이 담긴 관제 엽서를 보내며 참여했던 것이 나중에 방송인이 되기 위해 뿌렸던 씨앗과 같은 것이었나 봅니다. 방송사 프로듀서가 되어 음악 프로그램을 제작하기도 했으니까요. 하지만 이제 생각하니 아쉽게 느껴지는 것이 있네요. '나타샤 왈츠'를 그렇게 좋아했고 그런 추억이 있었으면서도 정작 방송인이 되어 음악 프로그램을 제작할 때 그 음악을 한 번도 직접 들어보지 않았다거나 청취자들에게 들려주지 않았으니 말입니다.

한편 이장희 씨는 1980년대에 홀연히 미국으로 떠난 뒤 새로운 인생을 시작했었지요. 미주 한인 최초의 라디오방송인 LA 라디오코리아 대표를 맡으며 다양한 사업에 성공하며 사업가로 성공했답니다.

그러다가 1996년 우연히 찾은 울릉도에 깊이 매료되어 은퇴 후 울릉도에 정착해 살기로 결심했던 뜻이 이루어지면서 울릉도 평리에 '울릉천국'을 마련했다는군요. 그러면서 2004년부터 울릉도 평리에서 농부로 살아왔는데 2011년엔 '울릉도는 나의 천국'을 발표하며 음악가로서 제2의 전성기를 보내는 중이라고 합니다.

기분 좋은 미련

　4월 초순 계양산의 해맞이 고개 잔디밭에서는 초록의 새싹들이 크고 작은 네모와 세모, 동그라미들을 만들어 내는 것처럼 마치 선을 그으며 솟아나고 있었답니다. 그리고 정상으로 오르는 산길 옆 나무들은 진초록 새잎들로 봄 단장 중이고 그들 사이의 만개한 진달래꽃들은 온몸을 흔들어 보이며 환영 일색이었지요.

　그런 환대를 받으며 정상의 데크를 밟기 위해 마지막 계단에서 발을 떼는 순간 나오는 말은 언제나 그랬듯이 "이제 다 왔구나!"라는 한마디였습니다. 그 말에는 올라오는 동안 떠올렸던 수많은 생각의 정리가 담겨 있답니다. 그리고 곧장 데크 위 사방으로 걸어가며 산 아래 멀고 가까운 경치를 내려다보는 것이 정상에서의 휴식이랍니다. 그렇게 머무름을 가진 뒤 하산하기 위해 서쪽으로 향하는 계단에 첫발을 내리는 순간 20여 년 전 5월 말에 있었던 일이 생각났습니다. 봄이 시작되면서부터 새벽마다 거의 빠짐없이 계양문화회관 쪽 가파른 산길을 이용해 정상에 올랐지요.

　그 내용을 2016년 9월에 출간한 『도전을 위한 서곡』이란 책에 소개했답니다.

사라진 미련

　라디오 PD가 되어 현장에서 공개방송을 제작할 때였다. 그 공개 방송은 청소년을 대상으로 중고등학교에서 녹음했던 프로그램으로, 학생들이 어떤 주제에 대하여 자기 의견을 말하기도 하고 장기도 발표하는 등 일종의 'Talk Show' 형식이었다.

　어느 날 어느 여자중학교를 찾아 강당에서 제작할 때, 3학년 여학생이 친구의 피아노 반주에 맞추어 'You light up my life.'를 불렀다. 노래가 끝나자 관객이었던 학교 학생들과 선생님들이 박수갈채를 보내면서 나를 쳐다보았다.

　사실 나는 그녀의 노래가 시작되면서부터 넋을 잃었다. 녹음 장비를 다루는 엔지니어들 옆에서 방송 진행을 살펴야 했건만 그녀의 노래에 빠져, 그만 그녀 옆에 멈춰 서 있었던 것이다.

　그런 내 모습이 이상했는지, 관객들이 한편으론 그녀를 보고 한편으론 나를 보았던 것이었다. 그녀는 천사였다.

　그 노래는 Debby Boone이 부른 노래로 방송을 통해 들을 때마다 멜로디가 마음을 움직일 수 있는 노래라고만 생각했는데, 그 여중생이 청량한 목소리로 음정을 꺾기도 하고 어떤 소절에선 길게 빼며 순박하게 부르는 그 창법이 내 마음속 모든 잘못을 씻어내는 것 같았다.

　나중에 선생님을 통해 알아보니, 그 여학생은 성악가가 되기 위해 따로 성악을 공부하고 있다고 했었다.

　방송하며 그런 학생을 만났다는 것이 대단한 행운이라고 생각했다. 또한 방송에서 그런 학생을 소개한 것을, 방송인으로서의 보람으로 여기게 되었고 이후로 'You light up my life.'는 내 애창곡 서열의 앞부분을 차지했다.

1986년 우리나라에서 서울 아시안게임을 치르며 중국 선수들이 처음으로 우리나라에 왔을 때, 우연히 한 중국 선수를 만나면서 중국에 관심을 두게 되었다. 그래서 그때부터 중국어를 독학하기 시작했고 급기야 싱가포르국립대학교로 유학을 가게 되었다.

유학을 마치고 방송에 복귀한 다음해인 1992년에 한중수교가 이루어졌다. 그동안 만들었던 인맥을 통해 중국의 모 언론사로 이적하여 중국 전문 언론인으로 성장하겠다는 계획에 따라 국내 방송사를 사직했다. 그런데 그만 일이 잘못되어 방송 일만 그만두게 되었던 낙동강 오리알 신세가 되고 말았다.

그 이후 어떻게 해서든지 중국과 관련된 일을 하면서 기회를 만들기 위해, 비행기가 되었든 배가 되었든 그것들을 타고 중국에 드나들며 사람들을 만나고 방법을 찾으려고 애썼다.

그때 나는 인천항 근처에 사무실을 둔, 작은 중국 관련 무역회사에서 모종의 뜻을 이룰 계획을 세워놓고, 무급으로 약간의 일을 봐주고 있었다. 그리고 중국 쪽에서 연락이 오기만을 기다리며 새벽마다 그 사무실의 차량을 빌려 타고 계양문화회관 쪽으로 길이 난 비교적 가파른 루트를 이용해, 계양산을 뛰어서 오르내리며 심신을 다졌다.

그러던 어느 날 정상에 올라 잠시 휴식을 취하는데, 어디선가 Debby Boone의 'You light up my life.'가 들려왔다.

어느 등산객이 라디오인지 녹음기인지를 켜 놓은 것이었다.

난 갑자기 울컥했다. 막 서러웠다. 울음을 참을 수 없었다. 아니 오히려 더 울고 싶었다. 그래서 울 자리를 찾아야만 했었다. 사람들이 많이 이용하지 않는 루트를 따라 내려가며 울음을 참느라 목과 가슴이 아팠지만 참아가며 막 울었다. 내가 왜 이렇게 되었나? 방송했을 때가 참 좋았는데, 그렇게 티 없이 맑은 그 학생들이 좋았는데, 그 노래가 좋았는데!

그날 나는 한참 동안 원망과 후회와 반성을 계양산에 쏟아냈다. 그러자 'You light up my life'를 불렀던 그 천사 같았던 여중생의 모습이 나타나더니 안정이 찾아왔다. 그 이후 중국에 대한 미련이 사라졌고 새 출발이 시작되었다. 그리고 지금껏 그 여학생만큼 그렇게 나에게 감동을 줄 수 있는 노래를 부르는 가수를 보았다거나 노래를 들은 적이 없었다.

20여 년 전 계양산은 나를 후미진 삶에서 벗어나게 해주려고 'You light up my life.'를 듣게 했답니다. 그 노래를 통해 내가 좋아했던 일을 기억하도록 유도하여 이루지 못할 미련을 버리도록 스스로 현실을 직시하며 새로운 삶을 살도록 간접적으로 이끌어주었던 것이었지요.

그 후 20여 년이 지난 지금의 계양산은 직접 내 인생을 밝혀주고 있는데 이제 그 노랫말의 당신은 계양산이 되었고 'You light up my life.'를 들으면 방송인이었다는 것이 계양산과 연계되어 기분 좋은 미련으로 남는답니다.

산상각성(山上覺性)

　만일 방송인으로 사는 생활을 이어왔다면 등산에 관심조차 두지 않았을지도 모릅니다. 중국 전문가가 되겠다며 싱가포르국립대학교에 유학하여 중국어까지 습득한 뒤 중국에서 활동하기로 했지만 일이 꼬이면서 중국에 진출하기는커녕 불행하게도 방송사를 떠나는 등 많은 것을 잃고 말았지요. 그 뜻을 쉽게 포기할 수 없었기에 다른 방법을 찾으려고 했더니 오히려 나쁜 일들만 꼬리를 물기에 불운을 탓하며 막연히 산에 오르기 시작했답니다. 그러면서 주로 찾았던 곳이 인천의 계양산과 서산의 팔봉산이었는데 계양산은 내 능력의 한계를 직시하도록 하여 중국에서의 활동 계획을 접게 했고 10년 동안 올랐던 팔봉산은 불운을 거두어주었답니다.

　이후 영어를 가르치는 일이 생기면서 경제적 여건도 어느 정도 좋아졌지요. 그래서 새로 지을 예정인 아파트에 입주하기로 계약한 뒤 입주 전까지 그렇게 좋아하는 계양산 인근에서 살고 싶어 산 아래 동네로 이사했답니다. 그런데 코로나 팬데믹 상황이 벌어지면서 생활 여건이 역주행하기 시작했습니다. 과거에 경제적 어려움을 크게 겪었기에 또 그렇게 될까 봐 두려워 다시는 그렇게 되지 않기를 바라며 우선 계양산을 하루에 아침과 밤 두 번씩 정성을 다해 오르며 마음을 다잡았습니다. 그랬더니 계양산은 지난날의 좋았던 일들과 사람들을 떠올리게 하는 즐거움을 주더군요.

하지만 그래도 두려움은 여전했는데 차츰 변화되는 생활 속에 봄부터 바지락을 캐기 위해 종종 찾는 곳이 서산의 삼길포와 당진의 장고항이었답니다. 그곳에 갈 때마다 차에서 잠을 자는 소위 차박을 했지요. 그러던 4월 중순의 어느 봄날 삼길포를 내려다보고 있는 삼길산이 눈에 들어오기에 오르고 싶어졌습니다. 마침 주차장 바로 앞이 산으로 가는 길이어서 몇 걸음 올랐더니 오른쪽으로 구부러지는 길에 서 있는 만개한 벚꽃들이 환영해주어 기분이 무척 좋았답니다.

삼길산(三吉山)은 이름 그대로 3개의 행운이 있는 산으로 해발 166미터 높이의 그리 높은 산은 아니지만 올라가면서 보이는 바다 풍경은 어서 정상에 올라 한눈에 보라고 발걸음을 재촉하는 듯 마음을 들뜨게 했습니다. 그리고 마침내 도착한 정상에는 돌로 쌓인 봉수 전망대가 우뚝 서 있었지요. 그렇지만 그것을 살피기도 전에 산 아래 펼쳐진 바다와 섬들, 대호방조제와 간척지 등의 광대한 풍광이 눈에 들어왔습니다. 감탄이 절로 나올 만큼의 장관에 두 눈이 온몸을 이끌어 사방으로 돌아가며 마음에 담으려고 했지만 희한하게 머리엔 다른 생각들이 떠올랐습니다.

그 작은 산 위에 그동안 힘들게 등정했던 백두산과 한라산, 지리산, 설악산 등과 일상 산행처럼 다니는 팔봉산과 계양산이 쌓이더군요. 그러더니 그런 산에서 새로운 삶의 좌표를 세울 어떤 것을 찾겠다며 마음을 내려놓고 행했던 언행과 머리로는 기억되지 않았던 마음속 일들까지 떠올랐습니다. 살아오는 동안 시각과 청각, 후각, 미각, 촉각 등 오감을 통해 나의 것이 되었던 일들이 모두 마음 밖으로 끄집어내졌답니다.

사실 좋지 않았던 일의 기억은 마음을 아프게 하거나 분노가 치밀게 했고 또한 좋았던 일도 현실에 오만과 편견이 들게 하여 새로운 것을 받아들이며 살아가는 데 방해가 되기도 했지요. 그래서 과거를 잊으려고 했지만 잊으려고 애쓰는 것이 알고 있었던 지식을 기억하려는 것보다 더 힘들기도 했답니다.

그런데 그랬던 모든 기억이 약해지면서 현실적인 일에 매진하며 또한 과거에 시도했던 일도 다시 시작하여 그런 일들과 함께 집대성해야 한다는 안내도 따랐답니다. 아울러 "안 되면 처음부터 다시 해."라며 주변에서 해주던 말도 떠올랐는데 과거에 실제로, 처음부터 다시 시작했더니 되지 않거나 얽혔던 일이 풀렸던 일이 많이 있었지요.

약 30년 동안 내 생활의 주축이 되어 나를 세워주었던 산! 그런 산에서 인생의 새로운 좌표를 설정할 수 있는 깨달음을 얻었습니다. 언행에 덕이 갖추어지면서 남의 도움을 받을 만하여 받는 것이 인덕(人德)이라고 한다면 산으로부터의 그것은 산덕(山德)이라고 할 수 있겠지요. 결국 백령도의 용기원산에서도 산덕을 쌓았는데 그곳에 찍은 인생의 변곡점엔 그동안 다닌 계양산을 비롯한 모든 산의 덕이 들어 있답니다.

제2장

계양산에서

다시 세워 주다

계양산을 오르내리며 건강을 지키겠다는 생각으로 계양산 아래 동네로 이사 왔지요. 그러면서 매달 한 번은 정상에 오르겠다는 계획을 세웠답니다. 지금까지 정상에 오른 횟수를 세어보니 이사 온 지 4년이 지났으니 빼먹은 경우가 있었더라도 서른 번은 넘었을 겁니다.

처음에 계획을 세웠을 땐 한 달에 한 번 정상에 오르는 것이 많다고 생각하지 않았는데 막상 실행해 보니 한 달에 한 번 정상에 가는 것도 그리 쉽지 않다는 것을 깨닫게 되었답니다. 또한 '월'을 꼽으니 시간이 빨리 간다는 느낌이 들었는데 나이가 들어갈수록 시간이 정말 빨리 가는 것 같아 그것은 별로 좋은 계획이 아니었네요. 그래도 어쨌든 지금까지는 그 계획을 잘 이행해오고 있답니다.

산을 찾았던 가장 큰 이유는 사람들과 상처를 주고받는 것을 피하기 위해서였지요. 과거 어려웠던 시기에 경제적 능력도 없으면서 즐기고 싶은 마음에 사람을 만나는 것을 놓칠 수 없었답니다. 그러다 보니 결국 돌아온 것은 무시와 자존심의 손상이었지요. 혼자 지내기 시작하면서 집과 멀리 떨어져 있는 산을 찾기 시작했는데 그러면서 줄기차게 찾은 산이 충남 서산의 팔봉산이었습니다.

팔봉산에 다니면서 학생들에게 영어 가르치는 일도 생겼는데 쉬는 날을 홀로 보내기 위해 더 열심히 다닌 결과 10년이 채워지기도 했답니다. 팔봉산에 다니면서 도움 된 것이 많았습니다. 1봉 입구에 널리 퍼져있는 피톤치드가 가슴과 머리를 맑게 해주었고 사람들과 교류하는 정서까지 회복시켜 주었답니다. 요즘은 주로 계양산을 오르내리고 있지만 항상 팔봉산을 오르내리는 마음으로 다닌답니다. 팔봉산은 361.5미터 높이고 계양산은 395미터 높인데 팔봉산은 여성스럽고 계양산은 남성스럽답니다.

계양산 정상에 오르는 방법을 편리에 따라 크게 두 길로 나눌 수 있답니다. 경사가 급하고 바닥이 흙과 돌도 이루어져 자연의 상태를 유지하고 있는 계양문화회관 쪽 길과 마치 공원처럼 잘 가꾸어져 대개 정상까지 계단으로 이루어진 계양산성 박물관 쪽 길이랍니다. 그런데 그 두 길이 인생과 비교된답니다. 박물관 쪽은 안전한 길로서 정상까지 한 시간 정도 소요되는 수동적 인생길 같고 문화회관 쪽은 주로 흙과 돌의 경사가 급한 비탈길로서 정상까지 30분 정도 걸리는 능동적 인생길 같답니다.

아무튼 어떤 길을 통하든지 정상에 다다르기만 하면 어떤 마음을 가져왔더라도 모두 걸러져 맑아지지요. 그것이 좋습니다. 그것은 마음이 정리되는 것과 같은 것으로 나에게 딱 맞는 방법인데 지금까지 내 인생의 활동 가운데 육분의일 정도를 산과 친화적으로 지냈으니 산행은 내 삶의 필수 과정이었다고 말할 수 있을 것입니다.

정상적인 사람의 생활로 돌아와 사람 구실을 하며 살아갈 수 있도록 나를 다시 세워준 산이 정말 고맙고 좋습니다. 그렇기에 앞으로도 그런 산을 잘 이용하고 지켜주며 살아갈 것이랍니다.

있는 그대로

"이 나무는 몸에 돌이 박힌 채 어떻게 살아왔을까?"

3년 넘게 계양산을 오르내리면서도 그동안 발견하지 못했던 나무의 모습이었습니다. 그 나무가 서 있는 길은 비록 한적했지만 그래도 그 길을 하루에 한 번은 지나갔답니다. 그런데 이제야 그 나무의 모습을 발견하고 그 나무가 고통받는 것 같아 무척 안타까웠답니다.

그 나무의 모습만 보고 판단한다면, 나무가 지상에서부터 두 개의 가지로 갈라지기 시작한 때에 누군가 나뭇가지 사이에 돌을 끼워놓았던 모양입니다. 그 상태에서 나무는 성장을 계속하다 보니 가지가 기둥이 되었고 두 기둥이 그 돌을 감싼 꼴이 되었네요.

그 나무는 그런 상태에서 얼마나 자라왔을까요?

10년은 훨씬 더 되었을 것 같은데 이젠 그 나무가 그 돌을 자신의 일부로 여기는 것 같다는 생각이 들었답니다. 그도 그럴 것이 그 돌과는 상관없이 그 나무 기둥의 가지들은 다른 나무들에 비해 더 잘 뻗어 나갔고 그 가지들로부터 나온 짙은 녹색 이파리들 또한 더 싱싱해 보였으니까요.

나는 그 나무를 자세히 살펴본 뒤 그 돌을 빼주려고 했으나 나무에 너무 깊이 박혀있어서 뽑아낼 수 없었답니다. 그때 불현듯 이만큼 살아온 내 인생을 되돌아보며 그 나무와 비교하게 되었지요.

살아오면서 시행착오가 있었답니다. 그런데 그것은 근본적으로 나의 조건과 맞지 않았던 것이었기에 그것을 놔두고 다른 것을 해야 했지요. 그런데 그것에 미련이 남아 그것에만 매달리고 있었기에 결국 헛세월만 보낸 꼴이 되었답니다. 그래도 늦게나마 변화를 가질 수 있었기에 그나마 현재의 모습으로 살아갈 수 있어서 다행이랍니다.

비틀즈의 노래 'Let It Be'가 있습니다.

그 뜻은 '그대로 놔둬', '그대로 살아', '순리대로 살아' 등 여러 가지로 의역되는데 어쨌든 공통적인 것은 있는 그대로 놓으라는 것입니다. 한때 그 가사가 좋아서 많이 따라 부르기도 했었는데 왜 실생활에서는 그렇게 적용하지 못했었는지 아쉽기만 했지요.

"순리를 벗어나 서둘지 마라.

칠흑 같은 밤이라도 한 줄기 불빛만은 밝을 때까지 비추리니. Let It Be. 바로 그 현명한 소리에 깨어나라."

계양산의 그 나무를 본 이후 그 가사의 의미를 실질적으로 받아들이게 되었네요. 설사 'Let It Be'를 몰랐더라도 그렇게 사는 것이 순리라는 것을 알 나이도 되었으니 앞으로는 계양산의 그 나무처럼 그렇게 잘 살아갈 것이랍니다.

이젠 과거의 시행착오를 원망하거나 그것과 관련되었던 모든 것을 탓하지 않습니다. 있는 그대로를 받아들이며 현실에 맞게 열심히 하고 있는데 그렇게 하는 것이 더 좋은 결과가 되고 건강에도 좋다는 것을 알게 되었습니다.

까치발 들기

계양산 산행을 하며 체득한 건강에 관한 이야기를 알려드립니다. 효과를 보고 있어서 권해드립니다만 의학 전문가가 아니기 때문에 증거 제시는 못 한답니다. 하지만 그 대신 인터넷에 올라온 자료들을 찾아 확인한다면 믿고 해볼 만할 것입니다.

계양산 인근으로 이사 온 지도 어언 4년 가까이 되었습니다. 그러면서 매일 두 차례씩 계양산을 오르내리며 세 군데 운동 터에서 운동 기구를 이용한 운동을 해오고 있답니다. 그러다가 1년 전부터 공원과 같은 곳에서 거의 몸만을 이용한 운동을 하고 있는데 6개월 전부터는 새롭게 '까치발 운동'을 추가하게 되었지요.

그 운동은 어떤 지식을 바탕으로 시작된 것이 아니라 그냥 자연스럽게 하게 된 것이랍니다. 아마 산에 오르내리면서 다리의 피로를 풀어주겠다는 생각으로 본능적으로 하게 된 것 같답니다.

그런데 그 이후 뇌 기능에 변화가 생기는 것을 느낄 수 있었지요. 머리가 맑아지면서 과거의 일이 잘 기억나는 것은 물론 순간적으로 접한 단기 기억이 장기 기억화 되는 것을 알 수 있었답니다.

영어를 가르치는 것이 직업이기 때문에 그런 것이 큰 도움이 되는 것에 감사하며 이젠 어디서라도 발가락 굽히기를 즐겨 한답니다. 그러면서 그것이 하도 신기해서 인터넷에서 검색해보았답니다.

그런데 놀랍게도 '까치발 운동'에 대해 의학 전문가들을 비롯한 많은 분이 연구 결과를 내놓았으며 이미 방송으로도 소개되었더군요. 인터넷에 소개된 그런 내용들과 그에 관한 논문도 살펴보았습니다. 그런 다음 잠시 생각에 젖었지요.

"나는 어떤 연유로 이것을 시작하게 되었을까?"

조금 전에 말씀드렸듯이 '본능적'이었을지 몰라도 과거에 우연히 들었던 것이 잠재하고 있다가 나타난 것이 아닐까요?

아니면 아버지의 어떤 도움이 있었을까요?

아버지는 뇌경색으로 쓰러지셨다가 결국 운명하셨답니다. 의학 전문가들의 논문을 보니, '까치발 운동'을 하면 나타나는 가장 큰 효과로서 '뇌경색'을 예방할 수 있다는 겁니다.

'까치발 운동'을 하기 위해 운동 터에 있는 수평대의 양쪽 기둥 상단을 양팔로 잡은 뒤 몸을 일자로 세워 까치발을 합니다. 그런 다음 엉덩이를 뒤로 빼면서 발뒤꿈치로 바닥을 짓이기며 발가락들을 들어 올리면 발바닥과 발목에서도 시원함을 느낄 수 있는데 그런 식으로 쉰 번을 한답니다.

꼭 해보세요!

그리 어렵거나 힘들지 않은 '까치발 운동'을 통해 건강한 뇌 기능을 유지하며 떠나는 그날까지 모두 똘똘하게 생활하시기 바랍니다.

심호흡

"너는 숨을 세게 쉬는 거 같다."

오랜만에 만난 친구가 나에게 했던 말입니다. 매일 아침과 밤에 계양산에 오를 때마다 깊은 호흡을 하는데 그렇게 숨 쉬는 방식이 산 이외의 다른 곳에서도 가끔 행해진답니다.

4월의 봄날 아침에 계양산성 박물관 건물 앞 계단에 오른 뒤 정문 앞 좌측에서부터 이어지는 오솔길로 들어섭니다. 그러면 진달래가 만개한 오름 산길이 보이는데 그 길을 따라 계속 걸어가면 몇 가지 운동 기구가 마련된 작은 공원이 나오지요. 그리고 그곳에서 곧장 내림 길을 따라 걸음을 계속하면 왼쪽의 너른 길과 만나게 됩니다. 거기서 바로 오른쪽의 21개 돌계단을 지나 곧장 산길을 따라 올라가 또 20개의 돌계단을 지나면 계양산에서 가장 가파르다는 108돌계단이 흘러 내릴 기세로 맞이해준답니다. 그 돌계단은 불심이 있는 공사 기획자에 의해 만들어진 것 같은데 그 돌계단을 통해 산에 오르는 산행객들이 불교에서 말하는 인생의 백팔번뇌에서 벗어나기를 바라는 뜻에서였을 겁니다. 어쨌든 거기서부터는 숨을 끝까지 들이마신 뒤 잠시 멈췄다가 뱉으며 천천히 오르는데 108계단을 지나 올라서면 가슴이 시원해지고 마음이 너그러워지는 것 같고 몸이 풍선처럼 둥실 뜨는 기분이랍니다.

그런 식으로 집에서부터 천백 걸음으로 계단과 산길을 통해 계양산성 서장대에 오른 뒤 산성을 따라 내려가 서북쪽 계양산성 바깥 평지에 도달합니다. 그곳에는 내가 직접 지름 열 발짝의 원을 만들어 그 원에 따라 앉을 수 있는 돌들을 연결하여 만든 낮은 돌의자와 원 중앙에 7개의 돌을 연결해놓은 역시 낮은 돌의자가 있답니다. 그 원 안에서 맨손체조와 스 , 팔굽혀펴기, 까치발 운동 등을 한 뒤 중앙의 돌의자에 앉아 다시 심호흡하며 명상하지요.

내가 그런 식의 호흡을 시작한 것은 불과 6개월도 되지 않았는데 그렇게 호흡하는 이유가 있답니다. 약 4년 전 계양산 아랫동네로 이사와 계양산을 오르내리며 성격이 조금씩 바뀌는 것을 느낄 수 있었답니다.

내 성격은 내가 생각하기에도 별로 좋지 않답니다. 하지만 원래 그랬던 것이 아니라 대학 1학년 때 폐결핵을 앓은 뒤부터 나쁘게 변한 것 같았습니다. 폐결핵을 앓기 이전엔 어린 나이였지만 성격이 양순하고 원만하며 급하지도 않답니다. 그런데 폐결핵을 앓고 난 이후부터 호흡 간격이 빨라졌으며 성격이 급해졌고 욱하는 다혈질이 되었지요.

폐결핵 완치 이후 폐활량이 줄어든 것과 성격이 나쁘게 변해가는 것을 걱정하며 그러지 않으려고 많이 애썼답니다. 하지만 나쁜 성격이 개선되지 않아 많은 것을 잃고 말았습니다.

그렇게 보낸 일들을 뉘우치며 산과 가까이 살겠다는 마음을 먹었을 때 조합 아파트의 조합원이 되면서 그곳에 입주하기 전까지 계양산 아래에서 살기 위해 이사 왔답니다. 그러면서 매일 숨이 찰 때까지 산행했더니 일상의 호흡 간격이 길어졌고 성격이 조금 누그러지는 여유로운 마음에 자제력이 생기는 등 변화가 이는 것을 느낄 수 있었답니다.

그때 우연히 동물들의 호흡에 대해 듣게 되었는데 호흡을 빨리하는 동물은 성격이 사납고 급하며 호흡을 천천히 하는 동물은 비교적 온순하다는 것을 알게 되었답니다. 그리하여 폐결핵을 앓으며 줄어든 폐활량을 늘리기 위해 매일 산행 때마다 산소를 허파 속 꽈리는 물론 복부 아래까지 눌러 채우듯 호흡하고 있답니다.

그리고 호흡에 대해 좀 더 과학적인 지식을 얻기 위해 인터넷에서 심호흡에 관한 검색을 했답니다. 그랬더니 심호흡이 심신에 좋다는 연구가 이미 발표되어 심호흡을 실행하는 사람들이 많이 있고 일본에서는 책으로까지 출간되었더군요.

심호흡하면 신체에 산소량이 많아지고 이산화탄소와 노폐물 등 독소가 빠져나가게 되며 뇌에도 산소가 잘 공급되니 머리가 맑아지고 눈도 밝아진답니다. 그런 데다가 마음에 안정감이 찾아와 만병의 근원인 불안과 긴장, 분노 등 스트레스가 해소될 수 있답니다. 그러니 마음이 너그러워지고 소화 기능이 좋아지는 등 심신 모두가 좋아질 수밖에 없겠지요.

마리골드

일전에 계양산 동봉 쪽에서 계성봉으로 오르다가 숲길이 시작되는 바위 앞에 피어난 한 송이 마리골드 꽃을 발견하고 무엇보다 노랑과 빨강의 진한 조화 그 자체에 반했었답니다.

하지만 며칠 뒤 마리골드의 꽃대가 잘려 사라진 것을 보고 처음 만났을 때 생겼던 기쁨만큼 실망도 컸지요. 그러다가 며칠 뒤 다시 마리골드를 만나게 되자 실망감이 누그러지면서 마리골드에 대해 알고 싶은 마음이 생겼습니다.

그렇게까지 되었던 것은 마리골드를 새롭게 만난 그곳이 내가 거의 매일 찾는 계성봉이었기 때문이었지요.

마리골드의 꽃말은 '반드시 오고야 말 행복'이라고 하는데 그 말을 음미해보면 행복은 쉽게 오지 않더라도 어떻게든 끝내 꼭 온다는 뜻이 아닐까요?

그렇게 볼 때 마리골드를 처음 발견하며 기쁨을 느꼈었지만 마리골드 꽃대가 사라져 실망한 뒤 다시 마리골드를 만나면서 기쁨을 되찾았던 그런 과정이 바로 행복은 반드시 오고야 만다는 것과 같을 것입니다.

그런데 행복을 위해 그렇게 합리화시키는 것도 좋지만 마리골드를 통해 극과 극의 감정이 생겼던 때를 생각한다면 겸손한 마음을 갖는 것이 중요하다는 것도 알게 되었답니다.

인생이란 흘러가는 것이기 때문에 별의별 일들이 다 생기고 지나가고 다시 오고 그런 것이니 무슨 일에나 일희일비하지 말고 가려는 것은 잘 보내고 오려는 것은 반기며 잘 순환되게끔 해주어야 한다는 말입니다.

그 순환이 우리 몸의 건강을 위해서 물리적으로 꼭 필요한 것이지만 특히 정신에 관해서는 의지가 있어야 할 것입니다. 간단히 말해서 받았으면 주는 마음이 있어야 인생사에 순환이 이루어져 만사형통하고 좋은 일도 잘 펼쳐지겠지요.

계양산 계성봉에서 마리골드를 만나면서 생긴 그런 마음에 감사하며 마리골드를 잘 보살피기로 했는데 마리골드는 이미 야생화를 넘어 길거리 화단에서도 자라고 있답니다. 아무쪼록 어디서든 마리골드를 보게 되면 반드시 오고야 말 행복을 위해 마리골드를 통해 얻은 깨달음이 떠오를 것이며 순환의 마음가짐 또한 기억될 것입니다.

여름 산행

밤새 에어컨을 켜놓았기 때문이었는지 아침 늦게 집밖으로 나섰더니 마치 사우나에 들어가는 것만큼 덥고 습한 기분이 들었답니다. 그러면서 삼십몇 년 전 싱가포르국립대학교에 유학하기 위해 싱가포르 창이국제공항에 내려 공항청사를 빠져나올 때의 느낌이 떠오르더군요. 공항청사 밖에 대기하고 있던 버스에 오르기 위해 몇 발짝을 걷는 동안 공부보다 일 년 열두 달 상하의 더위를 견뎌내도록 건강 유지가 더 중요하다는 것 이외에는 무념무상이었답니다.

입학 수속을 위해 처음 학교를 찾아 상담할 때 담당자가 말했습니다.

"이곳 기후에 익숙해지지 않는다면 여기 사는 동안 내내 밤이면 에어컨을 끼고 살게 되어 건강에도 좋지 않을 겁니다."

그 사람의 말을 듣자 객지에선 무엇보다 건강을 지키는 것이 우선이란 생각이 들어 다음번 학생비자를 받아 들어왔을 때 '클레멘티'라는 동네의 에어컨이 없는 아파트의 방 한 칸만을 빌렸답니다. 그러면서 처음 열흘 정도는 열대야 때문에 잠을 이루지 못했기에 시원한 강의실에서의 수업은 그야말로 비몽사몽이었지요. 그러나 열흘 정도 지나자 그다음부터는 밤에 담요를 덮지 않으면 추워서 잠자기가 쉽지 않더군요. 그리고 낮에도 대단히 덥다는 것을 느끼지 못했는데 그것은 몸이 그곳의 기후에 적응되었기 때문에 그랬을 겁니다.

그때 기후를 통해 얻었던 그 경험을 소중하게 여기면서 그것을 다른 일에도 적용하며 살아왔답니다. 아직은 젊다며 감기와 같은 병은 약 없이 이겨내 줄 것이라는 미련한 믿음마저 가지면서 말입니다.

다행히 그동안 병에 걸리지 않아 그런 표현을 했을 뿐이었는데 코로나19가 창궐하자 바뀌었답니다. 소위 몸조심하기 위해 예전에 나이와 체력만을 믿었던 것보다는 밤에 더우면 에어컨도 켜고 소화불량이라든지 감기 기운이 있으면 즉시 약을 먹는 등 좋은 컨디션을 유지하며 살려는 마음이 더 커졌지요. 그러면서 당연히 기본 체력을 유지하겠다는 마음으로 매일 계양산 계성봉에 오른답니다.

계성봉에 닿기 위해 집에서부터 천 걸음 정도에 포함된 수백 개의 계단을 밟고 산길과 산성을 따라 걸으며 산기슭을 오르다 보면 마음속에 들어있는 여러 가지 생각이 골백번 떠오르는데 특히 좋지 않은 생각은 하늘과 산 위에서 하나둘 정리되며 사라지더군요. 그렇게 되는 것은 아마 산행이 경쟁이 아니기에 어떤 승부욕도 필요 없고 평정의 마음으로 자신이 세운 것에 대한 성취감 정도를 얻을 수 있는 만족감이 느껴지기 때문일 것입니다.

그런데 여름날의 산행은 좀 다른 면이 있답니다. 집을 나서는 순간부터 더위를 이겨내야겠다는 일념으로 다른 생각들이 일어날 겨를이 없지요. 오직 더위에만 적응하면서 계양산의 계성봉까지 오르는데도 바지의 허벅지 안쪽 부분에 난 땀 때문에 발을 들어 올리기가 불편하고 바지 허리와 팬티가 축축해져 불쾌해진답니다. 그래도 그렇게 땀을 빼며 계성봉에 올라 나무 그늘에서 휴식을 취하면 몸과 마음이 산뜻해지지요. 게다가 귀가한 뒤 축축했던 모든 의류에서 벗어나면서 시원한 수돗물과 비누로 온몸을 씻어내면 담백한 기분에 스르르 눈이 감기고 만답니다. 그것이 여름 산행의 맛이지요.

반드시 오고야 말 행복

계양산 계성봉에 찾아올 1년 뒤의 날들을 기약했습니다. 나에게 계성봉이 계양산을 대표하게 된 것은 그곳에 '마리골드'가 있었기 때문인데 그들이 어느덧 꽃의 모습을 다하고 씨앗을 맺어가고 있네요. 그래서 그들을 소중하게 채집한 뒤 내년 봄에 계성봉 일대와 집, 영어교습소의 화분에 심을 계획이랍니다. 그리고 또한 그 마리골드를 원하는 분들께도 드리고 싶고요.

그런 계획을 세우다 보니 벌써 내년을 생각하게 되는데 2021년 한 해의 절반을 코로나19 때문에 해놓은 일이나 하는 일 없이 그냥 보낸 것 같아 아쉽기만 합니다.

천만의 말씀이라고요?

네, 그렇군요. 맞습니다.

지금껏 '마리골드' 얘기를 했으면서 그렇게 말하는 것은 잘못된 것이지요. 세상에 태어나 처음으로 알게 된 '반드시 오고야 말 행복'이란 꽃말을 가진 '마리골드'를 만났고 멀리 있는 것만 같았던 친구들도 만났습니다. 그야말로 올해는 인생을 새로 시작할 수 있는 인프라가 구축된 한 해였습니다.

사실 그렇게 될 수 있었던 것은 코로나 때문이었을 겁니다. 코로나 때문에 운신의 폭이 줄어들면서 자연친화적 생활을 하다 보니 지난 일들을 많이 생각하게 되어 그동안 관계가 소원했던 사람들을 만나게 되었지요. 그리고 과거에는 보고 즐길 것이 많아 사소하다며 간과했던 것들도 자세히 들여다볼 수 있는 여유가 생겼답니다. 그런 면을 볼 때 개인적으로 코로나를 달리 보게도 된답니다.

인생이란 남에게 해를 끼치지 않고 하고 싶은 일을 하며 사는 것이라고 했습니다만 한때 좋아했던 방송 일을 떠난 뒤 목구멍이 포도청이라고 하고 싶지 않은 일을 하면서 별 희한한 일을 겪기도 했었지요. 그런데 이젠 하고 싶은 일을 하며 지내고 있으니 고진감래(苦盡甘來)인 것 같고 인생에 들어온 모든 것에 대해 엄청 큰 고마움을 느끼게 된답니다. 그런 데다 마리골드를 알게 된 것은 그야말로 '반드시 오고야 말 행복'이라는 것을 하늘이 콕 찍어준 것 같아 무한히 기쁘기만 하답니다.

마리골드 씨앗 받기

하나의 과정을 끝낸 기쁨을 가졌습니다.

계양산에 다니며 간혹 올라섰던 계성봉에서 어느 날 '마리골드'라는 꽃을 만났지요. 그때부터 계양산에 가는 날이면 하루도 빠짐없이 계성봉에 올라 마리골드를 살펴주었답니다.

그런데 그렇게 의무처럼 지켜왔던 계성봉의 방문과 마리골드와의 만남을 올해는 여기서 접고 내년 봄부터 다시 이어가기로 했답니다. 그곳에서 한 달 넘게 마리골드를 만나왔는데 거기서 자생했던 9그루의 마리골드가 생을 다하게 되었기 때문이랍니다.

그동안 8그루에서 피어나 시들었던 20여 송이 정도의 꽃들을 매일 순서대로 받아놓았답니다. 그렇게 하는 것이 마치 마리골드 생이 다하기를 기다리며 마지막을 수습해주는 것 같은 기분이 들기도 했지요.

어찌 보면 수확을 하는 것인데 며칠을 두고 순차적으로 하다 보니 그런 생각마저 들었던 것 같네요. 마지막 한 그루의 두 송이 꽃은 여물어진 다음 처음 그곳에 왔던 것처럼 그곳 일대에 자연히 뿌려지기를 바라는 마음으로 그냥 두었답니다. 물론 그동안 채집해 두었던 씨앗들도 내년 봄에 또한 그곳에 뿌려질 거랍니다.

우연히 습관처럼 매일 계성봉에서 가졌던 마리골드와의 만남이었지만 그 만남을 통해 생명의 존귀함과 지켜주는 것과 기억해주는 것의 소중함을 알게 되었답니다. 그리고 무엇인가 내가 원해서 시작했던 일을 매듭짓게도 되었지요.

젊은 시절 어떤 것들을 해 보겠다며 많이 나서 보았지만, 결과를 보지 못했던 것은 둘째 치고 과정조차 제대로 이행하지 못했던 일들이 많이 있었지요. 그래서 그런 것에 대해 중년의 나이가 되면서부터 나 자신을 꾸짖으며 그렇게 하지 않으려고 심히 애썼답니다. 그 결과 시작과 끝을 분명히 말할 수 있는 일들을 하기도 했습니다만 어느덧 시작조차 마음 놓고 할 수 없는 그런 나이가 되고 말았네요.

어쨌든 마리골드와의 만남으로 인해 만들어졌던 일들이 하나의 과정이 되었는데 그 과정을 잘 이행하니 마음이 뿌듯해졌답니다. 그리고 앞으로 어떤 일을 하게 되더라도 잘 해낼 수 있겠다는 자신감도 생겼는데 그것이 왠지 젊어지게 만드는 기분을 불러오는 것 같았습니다.

계양산성

　계양산성이 놓여있는 자리에 대해 현대적 관점으로 연구해 볼 만하며 현시대에 맞는 사용도 강구할 만하다고 생각됩니다.

　계양산성은 삼국시대에 계양산 인근의 돌로 쌓았다는데 그 길이가 1,184미터로 삼국시대의 성곽 가운데 비교적 큰 규모로서 국가사적 제556호로 지정되었답니다. 산성 내에서는 물을 저장해 두었던 '집수정'과 사람들의 거주에 필요했던 '건물터', '구들 유구' 등이 발견되었다는데 이곳에 왜 산성이 필요했었는지 궁금했습니다.

　고려시대의 문인 '이규보'의 문집 '동국이상국집' '계양망해지'에 '계양군에서 나가는 길은 오직 한 길만이 육지로 통할 뿐 세 면이 모두 물'이라고 기록된 내용을 볼 때 계양산 주변은 고려시대까지 바다였었던 것 같습니다. 그래서 그 당시에 바다를 통해 들어오는 침입자를 감시하기 위해 산성을 쌓은 것이라고 추정된답니다.

　계양산성은 계양산 정상에서 볼 때 동쪽에 있습니다. 계양산 정상으로부터 동쪽에는 움푹 들어간 하느재를 지나 계성봉이 있는 계양산성과 병방동으로 이어지는 고성산이 있지요. 삼국시대 때 계양산의 모습과 형태가 지금과 같았다면 산성의 위치는 사방을 감시할 수 있는 최적의 장소였을 겁니다. 사방이 모두 가시권에 들어오기 때문에 외부인의 접근을 모두 감시하는 데 어려움이 없었을 것 같네요.

또한 산성이 해가 뜨는 동쪽을 향해 경사져 있으므로 타원 형태의 산성 내 어디에나 오전엔 햇빛이 들어 겨울에도 산성 안에서의 생활이 어렵지는 않았을 것입니다.

실제로 산성 안에 있는 경사면을 해맞이 고개라고 부르는데 새해 첫날 계양산에서 해를 맞이하기 위해 많은 사람이 산성 안쪽으로 모여든답니다. 만일 건축가들이 계양산성의 위치와 지형의 형태를 참조한다면 사람들의 주거 단지 조성에 도움이 될 것으로 생각됩니다.

현재 계양산성의 안쪽은 산성 남북으로 이어지는 산성 탐방로로 인해 동서 두 지역으로 나누어 졌는데 아래 지역인 동쪽은 잔디와 정원수들을 식재하는 등 인공적으로 관리되고 있으며 탐방로 위쪽부터 산성에서 가장 높은 서장대가 있는 곳까지의 서쪽 지역은 자연의 상태로 남아있답니다. 그리고 서북쪽의 산성만 보수해놓은 상태인데 아마 계양산성 전체를 모두 북쪽의 보수된 일부 산성처럼 개축해야 비로소 산성의 모습이 나타날 것 같습니다.

일전에 계양산성 박물관에 들어가서 산성에 관한 연구 자료들을 보았더니 계양산성의 서장대에 건물이 있었다며 그 건물을 그려놓은 것을 보았답니다. 계양산성을 복원하려는 계획에 따라 서북쪽 산성이 보수되었는데 이왕이면 서장대에 있었던 건물과 산성의 동문과 남, 북문 등을 먼저 복원한다면 계양산성에 관한 관심이 훨씬 더 높아질 것 같답니다. 그러면 산성의 복원도 훨씬 빨라지지 않을까요?

더 나아가 계양산성까지 공원화하여 사람들이 산성에 쉽게 접근할 수 있도록 시설을 만들고 서장대에 사람들의 관심을 끌 수 있는 대형 상징물을 세운다면 계양산성이 현대적 생활과 접목되는 새로운 랜드마크가 될 수 있을 것 같습니다. 계양산성을 위한 계양산성 박물관

도 이미 지어져 운영되고 있으니 산성의 유물 발굴과 복원 등이 마쳐
진다면 계양산은 도심 속 최고의 휴식처로 각광을 받게 될 것입니다.

가을 산행

　'입추'입니다. 가을 '추'소리만 들어도 좋습니다. 지긋지긋할 만큼 습하고 무더운 날씨가 사라질 것 같아 마음마저 유해졌습니다. 입추는 24절기 가운데 열세 번째 절기로 그때부터 가을이 시작되어 곡식이 여물고 밤이 되면 서늘한 바람이 불어온다고 하네요.

　그래서였는지 오늘의 산행은 어제보다 훨씬 더 가볍게 느껴졌고 함께 나선 삐삐의 표정도 밝았습니다. 우리는 박물관 옆 돌계단을 따라 육각정까지 올라갔지요. 육각정 앞은 너른 마당의 형태인데 그곳에서 바로 계양산 정상을 바라보며 해맞이 언덕길을 통해 서장대에 이를 수 있답니다.

　하지만 서북산성 쪽으로 가기 위해 육각정 마당에서 아래로 경사진 길을 따라 내려갔지요. 그러면서 바로 보이는 제1, 제3 집수정 옆을 지나 다시 경사진 길을 따르다 돌계단을 통해 언덕에 올라섭니다. 그러면 그곳에서 계양산성의 서북쪽 부분이 보이는데 멀리 보수된 성벽과 바로 앞의 마치 성벽이 없는 것과 같은 흙길이 눈에 들어옵니다. 하지만 성벽이 없어진 것이 아니라 산에서 흘러내린 흙이 성벽을 넘을 정도로 채워져 평지가 되었기 때문에 보이지 않는 것이지요. 그곳 가까이에 가면 절벽 같은 곳이 나오는데 그곳이 바로 성벽 바깥쪽이랍니다.

성벽 위에 서서 멀리 김포와 일산에 있는 건물들을 응시한 뒤 산성의 윗부분까지 흙이 덮인 절벽과 산 쪽 사이의 길을 따라 걸으면서 새롭게 보수된 산성에 도달했답니다.

그런 다음 일부러 돌로 쌓은 산성 위를 뒤뚱거리며 걸어서 거의 끝부분에 도달해 왼쪽을 보니 숲 가장자리의 밤나무에 밤송이들이 그득 매달려 있더군요. 그래서 잠시 산성 돌길을 벗어나 밤나무에 다다르며 밤송이들을 휴대폰에 담았답니다. 아무리 무덥다고 해도 역시 세월은 속일 수 없네요. 밤나무의 밤송이들을 보니 입추와 더불어 가을의 맛을 조금이나마 느낄 수 있답니다.

이제 다시 산성 길로 돌아와 멀리 계양산 정상을 바라보며 비탈길을 따라 서장대까지 올랐습니다. 그리고 그곳에서 소나무 그늘에 앉아 모자를 벗고 삐삐의 용품 가방도 내려놓은 뒤 휴식을 취했지요.

가을 산행은 풍요와 뿌듯함을 느끼게 합니다. 밤나무에 잔뜩 매달려 있는 밤송이들을 보았기 때문인가 본데 세상사에 대하여 이런 생각이 들었습니다.

봄을 맞이하는 입춘에 큰 운이 들어오길 기원하며 '입춘대길'이란 말을 하듯 입추에도 농부가 대풍을 바라듯 '입추대풍'과 같은 말을 사용하는 것입니다. 농업이 아닌 다른 일들을 하더라도 각자 해오고 있는 일들에서 성취를 바란다는 뜻이지요. 그래서 가을을 맞이할 때 '입추대풍'을 말한다면 세상 사람들이 고루 복을 나누게 되어 우리의 삶이 더 좋아질지도 모를 일입니다. 모두가 행복해질 수 있다면 봄맞이엔 '입춘대길', 가을맞이엔 '입추대풍'입니다.

소원 빌기

소원이 이뤄지기를 바라며 서장대에 올랐습니다. 서장대에서는 검단 신도시와 김포시가 내려다보이는데 그 일대를 눈에 담으며 간절한 마음으로 기도했습니다.

검단 신도시와 김포시를 나누는 곳에 유현 사거리라는 곳이 있답니다. 그런데 그 옆 금포교회 뒤 농지 일대에 '데이앤뷰'라는 시행사가 아파트 건설을 계획하여 조합 아파트를 세울 예정이었기에 5년 5개월 전에 조합원이 되었답니다.

그리고 드디어 시행사가 행정적인 절차를 모두 마치고 '실시계획인가'를 받게 되었다기에 2022년 말이면 공사에 들어갈 수 있을 것 같다고 조합원들이 말하더군요. 5년 이상이나 기다렸던 만큼 제발 더이상의 지체 없이 공사가 시작되어 입주할 수 있게 해달라고 기도했습니다. 그리고 검단 신도시 인천 1호선이 연장되는 지하철역 인근 신축 중인 빌딩에 사무실 하나를 분양받을 수 있기를 바라며 또 기도했지요. 작년에 두 군데 분양사무소에서 각각의 영업 담당자를 만나 건물의 주변 환경과 사무실에 대한 설명을 들었답니다.

나는 어떤 일에 대하여 순수한 마음의 뜻을 두면 이루어졌던 경험이 있답니다. 그래서 지금 소망하는 일들도 잘 이루어질 것으로 보고 있는데 그 사무실에서 꼭 성취되기를 바라는 일이 있답니다. 그것은 내가 살아오면서 해왔던 것들에 대한 집대성으로 영어와 중국어를 이용한 여행 프로젝트랍니다.

우리나라와 북한을 중심 여행지로 중국인들과 동남아시아, 미국, 유럽 사람들이 남북한과 중국의 육로를 이용하여 중국과 미국, 유럽 등에 교차 여행할 수 있도록 하는 국제 여행의 기획 및 운영자가 되는 것입니다. 과거 해외에서 만났던 많은 외국 여행자가 했던 말이 아직도 생생하게 기억됩니다.

"세계 여행을 해왔는데 북한 여행도 꼭 하고 싶습니다."

북한 관광만 개방된다면 북한은 세계 여행자들이 대기하며 찾는 최고의 여행지가 될 것입니다. 개인적으로 우리나라 최남단인 제주도와 마라도, 동해 끝인 울릉도와 독도, 서해 끝인 백령도까지 다 다녀보았으나 북한엔 단 한 발짝도 들이지 못했네요. 북한을 여행하며 한반도가 세계인의 여행지가 되도록 여행 프로젝트를 기획하고 실행하여 남북한 주민들이 모두 잘 먹고 잘사는 데 기여하고 싶답니다. 그런 소원들이 이루어질 수 있기를 간절하게 기도했습니다.

계양산의 밤

계양산의 밤엔 이미 가을이 자리 잡았음을 알게 되었습니다.

며칠 전까지만 해도 밤의 계양산에서는 날아드는 모기들이 귀찮게 굴어 달빛에 의존해 보이는 밤하늘과 별빛의 반짝임과 같은 자연경관과 산 아래 펼쳐진 도시들의 야경을 마음 놓고 구경하지 못할 정도였답니다. 그런데 어젯밤에는 달도 보이지 않는 어스름한 하늘에 구름이 빠르게 흘러갈 정도로 바람이 많이 불어주어 모기들이 사라졌고 시원한 것을 넘어 살짝 추운 기분도 들었지요.

그래서 해맞이 고개 중간쯤의 평평한 쉼터에 마련된 벤치에 앉아 쉴 수 있었답니다. 하지만 그곳 옆의 계단으로 참으로 많은 야간 산행객이 랜턴을 비추며 휴대폰에서 나오는 음악을 들으면서 산을 오르내렸기 때문에 명상이 방해되어 맞은편 평지 길을 따라 동쪽 계양산성 위로 자리를 옮긴 뒤 그 자리에 그대로 주저앉았지요. 그리고 잠시 명상 시간을 보낸 뒤 사방을 둘러보았답니다.

그곳에서 내려다보이는 계양구 전역의 야경은 불빛만큼 생동감을 유지하고 있었고 계양산 정상으로 가는 계단 길 옆 계성봉에서는 누군가 제(祭)를 지내는지 오래도록 움직임 없는 큰 불빛이 비치고 있었습니다. 눈길을 다시 계양산 정상으로 옮기니 야간 산행객들의 랜턴이 정상을 향해 그은 줄처럼 산속에서 순서대로 반짝거렸습니다.

그런 것들을 감상한 뒤 돌아앉으니 계양산 상공을 끼고돌아오듯 날아오는 마지막 여객기들이 눈높이만큼의 정면에서 김포공항을 향해 전방 라이트를 비추며 하강하고 있더군요. 그러더니 시선을 좌에서 우로 이동시키며 금방 날개 불빛을 반짝이면서 활주로 위에서 굴러갑니다.

시원한 바람을 느끼며 그런 모습들을 보고 즐기려니 산에서 내려가고 싶은 마음이 들지 않았습니다. 그 순간 내가 어째서 이렇게 매일 계양산에 의지하며 계양산 주변에 살고 있는지를 이전에 비해 좀 더 깊이 생각해보았답니다. 그랬던 이유는 한 지인이 했던 말이 떠올랐기 때문이랍니다.

"선생님은 등산하는 것보다 골프를 치면서 사람들과 지내는 것이 더 잘 어울릴 것 같은데요."

나도 20대 말에 우연히 골프채를 잡았던 적이 있었지요. 그런데 그때 골프로 자신의 부와 권력을 과시하려는 사람들을 만나면서 당시 그럴 능력도 없었고 또한 그렇게 되고 싶지도 않아 골프채를 내려놓았답니다. 그때 나는 골프에 대한 선입관을 잘못 갖게 되었는데 골프가 지금처럼 대중화되었다든지 골프에 대한 인식이 달라진 것을 볼 때 아쉽기도 합니다.

하지만 산행을 취미로 사는 것이 더 좋답니다. 어떤 누구 없이 대단한 채비 없이도 언제나 나설 수 있었던 산행! 그렇게 만났던 산이 내 인생을 바로 세워주었고 건강도 지켜주고 있으니까요.

계양산의 밤은 만물이 익어가도록 해주는 가을과 더불어 나를 좀 더 성숙하게 만들어 주고 있답니다.

좋은 기억

 2022년 1월 1일 아침에 일출을 보려고 계양산에 올랐습니다. 영하 9도의 추운 날씨였지만 새해 첫날 떠오르는 태양을 바라보며 코로나가 사라지고 하는 일이 잘되게 해달라고 기도하기 위해 집을 나섰답니다.

 하지만 일출을 보려는 사람들이 많이 모임으로서 코로나가 확산하는 것을 막기 위해 전국 어디에서나 그랬듯이 계양산의 등산로도 일출 시간 전후로 잠시 폐쇄되었지요. 그래서 박물관 왼쪽 오솔길을 따라 경인여대 뒤까지 걸어간 뒤 그곳의 산 비탈길을 이용하여 계양산 계성봉까지 올라가게 되었답니다.

 인천에선 7시 48분에 일출을 볼 수 있을 거라기에 7시 10분쯤에 집에서 나와 그곳에 다다르기까지 우선 그동안 계양산에 무사히 잘 다녔던 것에 감사드리며 앞으로의 산행도 무탈하게 해달라고 빌었습니다.

 그리고 계성봉 아래 마리골드가 피어났던 바위 앞 부근에 서서 태양이 떠오르기를 기다렸답니다. 이윽고 멀리 산등성이의 맑은 하늘이 빨갛게 변해가더니 빛이 점점 강렬해지면서 태양의 모습이 나타날 때였습니다. 선명하게 보이는 산등성이와 환해진 하늘 모습이 너무 경이로워 탄성을 지르려는 순간 갑자기 대학 합격자 발표 때의 장면이 떠오르더군요.

　그 시절엔 합격자 명단이 담긴 학교 게시판에서 합격 여부를 직접 확인해야만 했습니다. 그래서 학교를 찾아 게시판에서 합격을 확인한 뒤 몸을 뒤로 돌렸더니 커다란 불상이 나를 내려다보며 미소 짓고 있더군요. 그 순간 그 미소가 내 눈을 통해 가슴에 내려앉더니 온몸에 뜨겁게 퍼져가는 것을 느낄 수 있었답니다.

　그리고 그 이후 20년 정도 기적과 같은 행운이 찾아들어 방송사 프로듀서가 되었고 싱가포르국립대학교에서 유학하는 일까지로 이어졌지요. 그러나 복직 후 너무 앞서가는 욕망에 사로잡히자 그것이 식자우환이 되어 오히려 하고 있던 방송 일까지 떠나가는 최악의 불행이 찾아들었답니다.

　그로 인해 10년 가까이 고난의 시간을 보내며 중국에서 일하려는 기회가 사라져 욕망을 내려놓자 학생들에게 영어 가르치는 일이 생기더군요. 그리하여 열심을 다해 20년 가까이 지내오던 중 2022년 1월 1일 아침의 일출에 40년도 더 된 그 옛날의 기억이 떠오르며 다시 감흥이 일었답니다.

　'좋은 기억'이라는 노래가 있지요. SG 워너비가 2015년에 발표한 곡인데 그 노래의 전주는 1974년 빌보드 차트 1위에 올랐던 베리 화이트가 작곡하여 그의 오케스트라인 Love Unlimited에 의해 연주된 '사랑의 테마' 도입 부분과 비슷하답니다. 80년대 말 싱가포르국립대학교에서 유학할 때 알게 되었던 그 연주곡을 들으면 기분이 좋아지는데 거기에 '좋은 기억'이란 노래의 노랫말이 마음에 와닿는 것은 노랫말과 같은 상태를 지금 경험하고 있기 때문일 것입니다.

　"어딘가에 마음 기대고 싶은 날 가눌 수도 없을 만큼 힘겨운 날 살다가 살다가 그대 그런 날이 오더라도 우리 지난날의 추억을 떠올리며 잠시나마 미소 짓게 잊지는 말아요."

좋았던 일을 떠올리면 그 당시에 내가 옆에서 나 자신을 바라보고 있는 것 같답니다. 시간의 장단과 상관없이 모든 과정이 한순간에 보이면서 기쁨을 느낄 수 있지요. 그 기분은 지금의 상황이 어떻더라도 똑같답니다. 그래서 좋은 기억은 오늘을 웃음으로 살아가게 하는 즐거움의 뒷심이 되고 행운을 부르는 마중물이 된답니다.

겨울 산행

추위로 얼어붙었던 대동강 물도 풀린다는 2022년 2월 19일 우수라는 절기에 코로나가 사라지고 하는 일들도 잘 풀리기를 바라는 마음으로 계양산 정상에 올랐답니다. 그렇지만 그런 우수에 맞지 않게 낮에 눈이 살짝 내렸고 집을 나설 때인 밤 10시경에는 영하 5도 정도에 바람도 많이 불었습니다.

그래도 며칠 전이 정월 대보름이었기에 보름달만큼 둥근 달의 환한 달빛을 등에 지고 갈 수 있었기에 정상까지 오르는 내내 어려움은 없었답니다. 하지만 날씨가 추워서였는지 정상에 도착할 때까지라든지 정상에 머물며 지인들에게 카톡을 보내는 동안 어떤 누구와도 만나지 못했답니다. 그러다가 막 내려가려는데 한 남성이 혼자 올라왔다가 바로 내려갔고 하산하는 중엔 한 젊은 커플과 마주친 것이 다였지요.

다른 날에는 야간 산행객이 많았는데 아마 낮에 잠시 흩뿌렸던 눈에 위험을 느끼며 등산을 포기했나 봅니다. 그런데 역시 내려올 때는 눈이 얼어붙은 계단에서 미끄러지지 않으려고 몹시 조심하면서 계단 옆을 따라 이어진 로프를 잡고 내려올 수밖에 없었지요. 그러면서 튀어나온 말이 "참 잘해놓았네!"였답니다. 그리고 바로 깨달았지요.

"뭔가 다른 사람들을 위한 일들을 해야만 한다. 많은 사람이 안전하고 편히 살아갈 수 있도록 이런 것들을 만들어놓았는데 그동안 살기 위해 경쟁해야만 했던 시간도 다 지났으니 이제 선대들이 해놓은 것을 잘 이용한 것에 대한 보답으로 후대를 위해 뭔가를 해야만 한다."

새로운 것을 창조하지는 못하더라도 이미 구축된 사회적 기반 시설을 관리하는 일을 하며 노후를 보내야겠다는 생각이 들었습니다. 그동안 선조들이 이룩해놓은 먹는 것과 입는 것, 주거시설, 전기, 상하수도, 도로, 교통, 컴퓨터, 휴대폰 그리고 가장 중요한 지식과 교육을 통해 편하게 잘 살아왔지요. 그러니 노후엔 보답의 뜻으로 그렇게 만들어놓은 것들이 잘 운영되도록 돕는 것이 보람일 것으로 생각했습니다. 그래서 앞으로 10년 정도 활동할 수 있을 것으로 보고 다른 사람들을 위해 봉사하는 마음으로 살아오면서 이용했던 것들을 매년 하나씩 하는 것이지요.

특히 교통에 관한 것으로 중고차 매매가 올바르게 이뤄질 수 있도록 나서고 싶답니다. 그 이유는 시니어의 경우 자동차 사용경험도 풍부하고 책임과 양심의 업무처리가 비교적 바르기 때문이랍니다. 지금과 같은 중고차 판매체계라면 매장에서 소비자에게 중고차를 소개하는 것에 무리가 될 수 없을 것 같답니다. 그렇게 된다면 정부의 부담이 되는 많은 문제점도 해결할 수 있을 것입니다.

지난날과 비교해볼 때 새로운 날을 맞이하면서 점점 더 좋은 일상생활도 찾아왔답니다. 먹는 것도 그렇고 입고 자는 것 등 모든 것이 과거에 비해 월등히 좋아졌지요. 그런 것은 지금을 사는 사람들이 열심히 노력했기 때문이겠지만 그 노력은 아마 이전 사람들이 이루어온 것에 이어졌기에 그랬을 것입니다. 그러니 그렇게 누려온 것들이 후손들에게도 잘 이어지고 더 발전될 수 있도록 돕고 관리해주는 것이 이 나이에 해야 할 일이라고 겨울 산행을 통해 깨달았답니다.

봄 산행

우리나라 제20대 대통령 선거가 치러지던 2022년 3월 9일 수요일에 계양산에 올라 희망을 느꼈습니다. 해맞이 언덕 잔디 위엔 많은 등산객이 삼삼오오 둘러앉아 햇볕을 쬐거나 계성봉으로 향하는 산기슭에서 냉이를 캐더군요. 봄의 시작인 3월에 계양산 산행객들이 꼬리를 물고 올라오는 것과 해맞이 언덕에 옹기종기 앉아있거나 산나물을 캐는 그 자체가 봄기운이었고 그 속에 희망이 피어나고 있었답니다.

아무리 코로나19의 위협이 커진다 해도 시간이 갈수록 개선되는 사회적 대처요령이라든지 의학 발전으로 코로나를 독감 정도로 여기며 이겨낼 자신감도 생기는 것 같습니다.

그래선지 마음이 유난히 홀가분해지며 계성봉으로 올라가는 동봉이라는 바위에 앉아 완연한 봄기운을 느끼면서 뭔가를 기다리는 마음으로 휴대전화를 꺼내 들었습니다. 그리고 너무도 자연스럽게 우리나라 가곡 '님이 오시는지'를 검색하여 들었지요.

물망초 꿈꾸는 강가를 돌아
달빛 먼 길 님이 오시는가.
갈 숲에 이는 바람 그대 발자칠까.
흐르는 물소리 님의 노래인가.

내 맘은 외로워 한없이 떠돌고

새벽이 오려는지 바람만 차오네.

백합화 꿈꾸는 들녘을 지나

달빛 먼 길 내 님이 오시는가.

풀물에 배인 치마 끌고 오는 소리

꽃향기 헤치고 님이 오시는가.

내 맘은 떨리어 끝없이 헤매고

새벽이 오려는지 바람이 이네.

가곡을 들으면 방송사에서 라디오 프로듀서로 일하면서 가곡 프로그램을 방송하던 때가 생각납니다. 그로 인해 난생처음 가곡에 관한 공부도 했는데 가곡 프로그램을 하고 싶었던 이유도 있었지요.

대학에 다닐 때 한 모임에서 어떤 여학생이 성악가 '엄정행' 씨에 대해 말하더군요. 그러기에 나는 가곡이나 엄정행 씨에 대해 잘 모르면서도 특히 엄정행 씨를 여자로 알고 아는 척했다가 여러 학생 앞에서 망신만 당했답니다.

그것을 기억했기에 방송사 PD가 되었을 때 가곡 프로그램 방송이 결정되자 내가 제작하기로 나서면서 가곡에 관해 공부했답니다. 그때 한국일보사에서 출판한 책이 있었는데 그 책에는 우리나라 가곡의 탄생 배경이 소개되어 가곡을 이해하는 데 큰 도움이 되었지요. 그러면서 그때부터 좋아하게 된 가곡이 '님이 오시는지'였답니다. 그 가곡은 박문호 씨가 지은 시에 김규환 씨가 곡을 붙인 것인데 탄생 일화가 있습니다.

김규환 씨는 1966년에 KBS교향악단과 합창단의 지휘자 겸 작곡자와 편곡자로 활동했었는데 어느 날 KBS 사무실에서 작곡가 이흥렬 씨가 어떤 곡을 만들어 놓더니 마음에 들지 않는다고 그 악보를 버리더랍니다. 그래서 그 악보를 집어 들어보니 악보 속 가사가 너무 좋게 느껴지면서 그 순간 떠오른 영감에 의해 곡이 만들어졌는데 그 곡이 바로 '님이 오시는지'였다고 하네요.

세상에는 그런 식으로 탄생한 것들이 많이 있다고 하지요. 영국의 의사 에드워드 제너는 소젖을 짜는 여인들이 우두에 걸렸더라도 천연두에 걸리지 않는다는 것을 알게 되어 우두를 통해 천연두 백신을 개발하게 되었다는데 그것이 그런 예의 하나일 것입니다.

계양산에서 느낀 봄기운과 희망이 우리나라에서도 코로나19 바이러스를 단번에 퇴치할 수 있는 약이 나왔다는 소식으로 이어진다면 참 좋겠습니다.

제3장

계양산이 만나게 한 사람들

죽으려다 살다

"여기서 운동하기 참 좋네요!"

그렇게 말하자 그곳에서 자주 만나는 노신사께서 말을 붙여주어 고맙다는 듯 얼른 대답해줍니다.

"여기 묘지 터였어요, 이곳에서 도로와 마을이 내려다보이는 것이 위치가 되게 좋답니다. 계양산엔 풍수지리상 명당이 많아 묘지가 많이 들어섰을 겁니다."

그의 친절한 반응에 또 다른 말이 자연스럽게 나왔습니다.

"정말로 계양산엔 이렇게 좋은 장소들이 많은 것 같아요"

"네, 제가 유통사업을 하다가 IMF 외환위기 때 망하면서 자살하려고 이곳에 왔을 땐 묘지가 계양산성에 쌓인 돌만큼 많다고 할 정도였는데 이젠 아주 달라졌네요."

극단적 선택을 하려고 했다는 말에 조금 놀라며 질문을 이어갔습니다.

"그랬군요. 하지만 위기를 잘 넘기셨기 때문에 오늘 이런 만남이 있는 거 아니겠어요?"

"당시에 며칠을 두고 아침마다 산에 올라 밤을 기다렸다 죽으려고 했었는데 안 되더군요. 그러다가 우연히 인력소개 사업을 하게 되어 빚도 갚고 지금껏 잘 살아오고 있답니다."

나는 다시 편안한 마음으로 말을 이어갔습니다.

"다행이었네요. 그런데 그때 계양산에 그렇게 묘지가 많았었다면 묘지 이장도 쉽지 않았을 것 같은데요?"

"우리나라 장례문화를 바꾸는 것이 쉽지 않았겠지만 그렇게 많았던 묘지들이 이장되었다는 것은 모두 계양산 중심의 변화를 인정했기 때문이었겠지요. 우리나라에서 계양산만큼 위치 좋은 곳이 어디 있을까요? 도심에 있으면서 지하철 등 대중교통 이용도 좋고 산행 역시 쉽도록 잘해 놓았지요. 계양산에 오고 나서 제 인생이 바뀌었으니 계양산은 제게 행운을 불러온 마중물이 된 셈이랍니다."

계양산에 목숨을 놓으려 했었다가 계양산에서 행운을 얻었다는 그분과 헤어진 뒤 계성봉에 올랐다 내려오면서 계양산 정상을 향해 뒤돌아보며 그분만큼 고마움을 표했습니다.

계양산은 코로나19에 따른 어려움에도 좋은 것을 기억하게끔 해주어 인간관계를 회복시켜 주며 현재와 미래를 도모토록 해준 고마운 산이랍니다. 고맙습니다!

청순을 만나다

　외국인들이 우리나라 생활에서의 경험을 들려주는 TV 프로그램이 많이 생겼지요. 그런 프로그램에는 우리나라에서 대학에 다니거나 전문직업 활동을 하는 사람들이 출연하고 있는데 특히 우리나라 남성과 결혼한 외국인 여성의 등장이 빈번합니다. 그들이 보여주고 말하는 재능과 한국에서의 생활담은 웃음과 재미를 불러온답니다.

　계양산에서도 국제결혼을 한 젊은 부부들을 종종 볼 수 있습니다. 그들 가운데 한국 남성과 외국 여성의 커플을 만날 때마다 한국 남성이 외국 여성에게 잘 대해주어 그들이 우리나라에서 행복하게 살았으면 좋겠다는 생각이 든답니다.

　얼마 전 등산길에서 젊디젊은 국제 커플을 만났습니다. 한국 남성과 스웨덴 여성이었는데 그 남성이 스웨덴에서 유학하던 중 그 여성을 만나 결혼하면서 유학 생활을 잠시 접어두고 아내에게 한국 생활을 경험시켜주고 있다더군요.

　사람들이 많이 이용하지 않는 계양산의 가장 가파른 108돌계단에서 우연히 만나 그 돌계단에 그대로 주저앉아 30분 정도 얘기를 나눠준 그들이 정말 고마웠지요. 그들의 아주 젊은 외모와 말투는 순수 그 자체였는데 그런 그들로부터 나 역시 순수의 기운을 얻을 수 있어서 좋았답니다. 부천시에 거주한다는 그들은 1년 정도 국내 기업 제품의 온라인 판매를 도와준 뒤 스웨덴으로 돌아갈 것이라고 하더군요. 나는 그의 스웨덴 아내가 한국에 대한 좋은 추억이 계양산에서도 있었다고 말할 수 있도록 그들이 궁금해하는 계양산과 주변의 식당에 대해 친절하게 알려주었답니다.

그런데 나도 외국인과의 결혼을 생각해본 적이 있었지요. 영화를 보고 그렇게 된 것이었는데 중학교 3학년 때인가 극장에서 '워렌 비티'와 '나탈리 우드' 주연의 '초원의 빛'이란 영화를 보고 '나탈리 우드'의 매력에 빠져 막연히 그 영화 속 나탈리 우드와 같은 외국 여성과 결혼하고 싶었답니다.

영화 '초원의 빛'의 배경은 미국의 어느 고등학교로서 주인공은 '버드'라는 남학생과 '월마'라는 여학생이었지요. 그들은 서로 사랑했으나 성에 관한 관념 차이로 월마가 혼전 관계를 거부하자 버드는 홧김에 월마의 친구와 관계를 갖고 결혼하게 됩니다. 그러자 월마는 충격을 받아 정신병원에 입원하게 되고 세월이 흐른 뒤 월마가 정신병원에서 퇴원한 뒤 친구들과 버드의 농장에 갔다가 우연히 버드를 만나게 되지요. 그러면서 서로 사랑했음을 깨닫지만 이미 선택했던 각자의 길을 가기로 하며 헤어지는데 월마는 워즈워드의 시를 중얼거리며 눈물을 글썽인 채 버드의 농장을 떠납니다.

'윌리엄 워즈워드'의 시 '초원의 빛'은 감성이 풍부했던 청소년기의 내가 그 영화 속 나탈리 우드의 청순함에 빠지는 데 충분했었지요. 그런데 그때 그 감성이 국제결혼을 한 젊은 부부를 만나면서 다시 솟아났는데 그 스웨덴 여성이 나탈리 우드처럼 청순하게 보였고 그 젊은 남성이 내 모습 같았답니다.

초원의 빛

여기 적힌 먹빛이 희미해질수록

그대를 사랑하는 마음 희미해진다면

이 먹빛이 마름하는 날

나는 그대를 잊을 수 있겠습니다

초원의 빛이여!

꽃의 영광이여!

다시는 그것이 안 돌려진다 해도 서러워 말아라

차라리 그 속 깊이 간직한 오묘한 힘을 찾으라

좋은 친구

계양산에서 만난 심정구 씨가 매일 아침 카톡으로 좋은 글을 보내주는데 '친구와 함께'라는 내용의 글이 있습니다.

그 글에는 '영국의 한 신문사가 낸 퀴즈'와 '그들이 선정한 최고의 답'이 소개되었는데 그 내용에 따라 그 신문사가 친구에 대해 설했던 부분이 잠시 생각에 빠지게 했답니다.

'영국 끝에서 런던까지 가장 빨리 가는 방법은?'

이 퀴즈에 많은 사람이 비행기와 자동차 등 탈 것을 답으로 제시했지만, 그 신문사가 선정한 최고의 답은 그런 탈 것이 아니라 엉뚱한 답이었다고 하네요.

'좋은 친구와 함께 가는 것.'

그러면서 그 신문사는 친구의 중요성과 필요성을 언급했지요.

그 내용을 읽으며 내 입장에 맞춰보았습니다.

'좋은 친구란 어떤 친구인가?'

'과연 나와 함께 영국의 끝에서부터 런던 정도까지의 거리를 같이 갈 친구가 있을까?'

60년 이상 살아오는 동안 이사와 상급학교로의 진학 또는 군 복무, 취업, 사회활동 등을 통해 새로운 사람들을 만나면서 친구 관계로까지 발전시켰답니다. 그러면서 그런 각 과정은 옛 친구들과 멀어지게 한다든지 잊게도 했는데 그것은 아마 새로운 환경에 맞는 친구들과의 만남이 더 잘 어울렸기 때문이었을 겁니다.

그런데 그렇게 새로운 친구를 사귈 수 있었던 것은 아무리 공유하거나 통하는 면이 있었더라도 서로를 이해하고 배려하는 바탕이 있었기에 가능했을 것입니다.

옛날 말에 친구와 술은 오래될수록 좋다고 했지만 생활 여건상 어울림을 지속할 수 없기 때문에 오랜 친구가 좋다는 말은 현실적이지 못할 것 같네요. 그렇게 볼 때 서로를 이해하고 배려할 수만 있다면 새롭더라도 자주 만날 수 있는 친구가 더 좋을 것 같답니다.

아버지가 살아계셨을 때 항상 어울리셨던 동네 친구들이 있었지요. 그런데 아버지는 흐르는 세월에 한두 분씩 떠나는 것을 보실 때마다 몹시 힘들어하셨답니다. 하지만 그럴 때마다 찾는 사람이 어머니이셨고 또한 위로해주시는 분도 어머니이셨답니다.

두 분은 연세가 드실수록 서로 이해하고 배려했습니다. 그런 것을 볼 때 아버지와 어머니는 부부 이전에 오랜 친구이자 또한 새로운 친구이기도 했답니다.

부부는 이미 친구라지만 서로 이해하고 배려해준다면 가장 끝까지 함께 가는 최고의 좋은 친구가 될 거랍니다.

아버지와 어머니는 죽음이 갈라놓았던 순간까지 영국 끝에서 런던까지를 넘어 지구 몇 바퀴의 거리만큼을 함께 해왔지요. 책임과 의무 때문에 그렇게 먼 거리를 많은 인내와 함께 지내 온 면도 있었겠지만 한순간 버리고 버려지는 마음이 절대로 없었기에 그랬을 겁니다.

그래서 나도 아내를 아껴주고 배려하면서 탈 것을 이용하지 않고 도보로 가더라도 가장 빨리 목적지에 도달할 수 있을 가장 좋은 친구가 되도록 노력할 것이랍니다.

　다만 너무 빨리 간다는 것이 아쉬울 따름이겠지요.

노년의 건강과 일

"모자 벗은 모습 처음 봤지요?"

그러면서 그는 몇 마디 말을 더 이어 갑니다.

"내가 대머리인 걸 몰랐을 겁니다. 그죠?"

그는 말끝에 꼭 '그죠'를 붙이는 습관을 지니고 있는데 그것이 정겹게만 느껴집니다.

"네, 그래요. 솔직히 처음엔 깜짝 놀랐어요."

사실 그렇게 응답하기도 쉽지 않은데 그가 왠지 스스럼없이 말할 수 있을 만큼 가깝게 느껴진답니다. 그는 마음에 드는 사람이 있으면 그의 집에 초대한다고 하는데 일전에 나를 다른 사람과 함께 초대했지요. 그때 그는 모자를 쓰고 있었기에 그가 대머리인 줄 몰랐는데 이번엔 나 혼자 초대되어 방문했더니 그가 모자를 쓰고 있지 않아 대머리인 것을 알게 되었던 것입니다.

'이두범' 씨와의 만남은 3년 전쯤 계양산 운동 터에서였지요. 항상 밝은 모습을 보여주며 겸손하게 표현하는 그의 말투는 그의 큰 매력이기도 합니다. 비록 그와 나이 차이가 11살이나 되지만 78세인 그에게 세대 차이를 느껴 본 적이 없답니다. 그의 집에 초대받기 전에 시내 식당에서 식사하고 술집이나 노래방도 함께 다녔지만, 그와는 거리감이나 어색함 등을 별로 느끼지 못했지요.

그가 남의 입장을 잘 이해해주고 관용을 베풀기 때문이랍니다. 치사하거나 좀스럽지 않은 성품을 가지고 있는 그는 여러 사람이 함께 있는 가운데 일이 생기면 남들이 해 주기를 바라며 말로만 하는 것이 아니라 자신이 직접 나서는 겸손함이 있지요. 그는 남의 일에 대하여 좋든 나쁘든 평가하는 것에 무심하며 특히 공짜로 얻어먹는 것을 많이 싫어한답니다.

그가 사는 아파트는 정남향의 31평 크기로 15층에 있는데 지난번 겨울에 방문했을 때는 난방을 하지 않았어도 따뜻할 정도였답니다. 그 아파트는 딸 명의로 되어있지만 본래 그의 것이었던 것을 딸에게 넘겨주었다고 하네요.

송도에서 장사하며 미혼으로 전세 아파트에서 산다는 딸에게 그는 생이 다하는 날까지 미안할 거랍니다. 딸이 초등학생이었을 때 그의 아내가 완도에서 암으로 세상을 떠나자 딸은 자신을 따라 옮겨 다니며 고생을 많이 했다는군요.

경기도 안성이 고향인 그는 전라도 출신의 아내를 만났답니다. 그런데 그의 아내가 돈 버는 것에 집착하면서 완도로 이주하여 부부가 함께 낚싯배 사업을 했었다지요. 그러면서 딸도 낳아 행복한 가정을 꾸리며 10년을 열심히 일한 결과 꽤나 많은 돈이 벌리게 되었다는군요. 그렇게 될 수 있던 것은 아내의 역할이 컸기 때문이지만 그가 타지 사람이었기에 본토 사람들에게 겸손한 마음을 보였더니 그들이 그를 좋게 보고 도와주는 행운이 들어오면서 오랫동안 높은 수익을 올릴 수 있었던 것이라고 합니다.

그렇게 일하며 많은 돈을 벌었건만 아내가 졸지에 하늘나라로 떠나는 바람에 한동안 아내 생각 때문에 딸도 제대로 돌봐주지 못할 정도로 폐인과 같은 생활을 했다는군요. 그러다가 아내에 의해 길든 바지런한 정신이 다시 들면서 일을 시작하기 위해 부천으로 이사와 마을버스 기사와 퀵 서비스, 택배 등을 하며 새로운 생활관이 들어섰답니다.

그는 돈이 생활에 필요한 것은 사실이지만 돈을 쌓아놓기 위한 것을 목표로 두는 것이 아니라 일을 하며 돈을 벌고 돈을 벌기 위해 일한다는 필요충분조건에 따라 그런 것들을 이루기 위해 건강해야 한다는 것과 또한 건강하기 위해 일한다는 맞물리는 생각으로 그것에 알맞은 일들을 찾아 즐겁게 해나간답니다. 그러면서 자신으로부터 일찍 독립한 딸에게 아내와 함께 벌었던 아내의 정신이 담긴 모든 재산을 주었다고 합니다. 그런데 그렇게 하고 났더니 마음이 편해지더랍니다.

그래서 그는 홀가분한 마음으로 원하는 방식의 삶을 살아갈 수 있게 되었다는데 일을 즐기는 습관에 따라 새롭고도 적극적인 자세로 일자리를 찾아 나서다 보니 적당한 긴장과 운동을 하게 되어 건강에 좋고 여가를 즐기는 맛도 느껴진답니다.

그는 그런 생활방식에 만족하기 때문이라서 그런지 78세의 나이에도 불구하고 고혈압 약 등 어떤 약도 먹지 않을 만큼 건강하다면서 자신이 살아가는 방법에 대해 말합니다.

첫째, 나이 들수록 정부가 마련해주는 다양한 복지혜택을 쉽게 받을 수 있는 도시에서 사는 것이 좋답니다.

둘째, 주거환경은 햇볕이 잘 드는 따뜻하고 환한 곳이 되어야 자연스럽게 건강이 유지될 수 있다고 합니다.

셋째, 야생 동물들이 생이 다하는 순간까지 스스로 먹이를 구하며 살 듯 그렇게 일을 계속하며 살아갈 것이랍니다.

넷째, 여가 활동도 건강과 관계되는 것으로 하며 명랑하게 생활하는 심신의 자세를 갖는답니다.

그런 방식으로 생활하다 보니 어쩔 수 없이 돈이 모였다며 웃음 짓는 이두범 씨는 오후가 되자 음식을 배달해주기 위해 휴대전화와 전기 자전거를 챙기기 시작했습니다.

책 선물

코로나19로 인해 거리두기 4단계가 실행되면서 아침 산행부터 변화된 생활을 하게 되었답니다.

계양산 운동 터의 모든 기구가 사용되지 못하도록 폐쇄되었기 때문이랍니다. 그래서 운동은 생략하고 지나쳐 산에 오를 생각이었는데 그곳에서 자주 뵙는 홍성호 선생님이 기다리고 계셨습니다.

"운동기구를 못 쓰게 폐쇄했으니 운동은 못 하겠어요."

그러더니 선생님은 가방에서 책을 꺼내 주셨습니다. 『익숙한 것과의 결별』, 2007년에 출간된 구본형 씨가 지은 책이었지요.

"선생님, 너무 감사합니다. 그런데 지난번에 주셨던 책들도 모두 오래되었는데 손이 가지 않았던 것 같았어요. 어떻게 그런 책들을 가지고 계셨는지요?"

새것처럼 보이는 책을 감사히 받으며 그렇게 질문했답니다.

"어떤 책이나 처음부터 끝까지 다 읽으면 좋겠지만 책마다 나에게 필요한 부분이 있어요. 저는 그것만 읽고 깨달아도 큰 소득이기에 그 정도만 읽게 되었답니다. 그러다 보니 과거에 사서 읽었던 책들이 마치 새 책처럼 그대로 유지된 것이랍니다."

87세 홍 선생님을 만날 때마다 선생님은 인생 경험담과 책을 통해 얻으셨던 깨달음을 말씀해주셨지요. 그런 말씀에 공감하면서 선생님이 마치 나의 정신적 지주처럼 느껴졌답니다. 그런데 거기에다 선생님께서 애지중지 소장하셨던 3권의 책마저 주시니 나는 얼마나 행복한 사람인지 모릅니다. 세상의 어떤 선물보다도 값진 책을 받아들고 선생님과 헤어진 뒤 계양산 계성봉에 올라 나무 그늘에서 책을 펼쳐가며 몇 페이지를 읽어 갔습니다.

"세상이란 '하고 싶지만 할 수 없는 일'과 '하기 싫지만 해야 하는 일'로 이루어진 것이라고 말한다. 절실한 욕망은 흐르는 대로 놓아두어야 한다. 깊은 내부로부터 흘러나와 감동으로 휘몰아치는 욕망을 받아들임으로써 자랑스러운 자아를 발견하게 된다."

'하고 싶은 일'과 '욕망'이란 단어에 책으로부터 눈을 뗀 뒤 계양산 위 짙은 하늘색 아래에 떠 있는 흰 구름을 올려다보았습니다. 그러면서 혼잣말했답니다.

"정말로 하고 싶은 일이 있었는데, 그것이 욕망이었는데, 다 지나갔구나!"

갑자기 한숨이 나오더니 잠시 멍해지려는 마음을 가다듬고 다른 문장으로 눈길을 옮겼습니다.

"나는 이 책으로 인생을 다시 시작할 수 있었다. 책을 쓸 수 있다는 것을 알게 되었고 몰입할 수 있다는 것을 알게 되었고 스스로에게 선물을 줄 수 있는 사람이라는 것도 알게 되었다. 무엇보다도 내가 가지고 있는 내면의 자산을 끌어다 쓸 수 있는 사람이라는 것을 알게 되었다."

이 내용에 잠시 빠졌던 힘이 다시 솟아났습니다. 나 자신에게 하는 말과 같더군요. 분노가 하늘을 찌른다는 '분기탱천'이 아니라 용기가 하늘을 찌르는 '용기탱천'으로 새로운 삶의 용기가 하늘에 닿는 것만 같았습니다.

　그리하여 즉시 책을 덮고 시끄럽게 울어대는 매미 소리를 들으며 몇 번의 스　과 푸쉬 업을 하고 난 뒤 씩씩하게 하산했답니다.

냉동인간

"저를 냉동 보존하는 것에 대해 알아봐 주세요."

계양산 정상에 올랐다가 계양문화회관 쪽으로 향하는 계단을 내려오는데 그곳에서 오랜만에 만난 전철봉 씨가 대뜸 그런 부탁을 했습니다. 하지만 평소 상상도 못 했던 내용이었기에 그것을 도울 수 있는지 없는지를 떠나 이유가 궁금했습니다.

"왜 그러시는데요?"

"제가 고향인 황해도 옹진에 꼭 가야만 하는데 지금의 남북관계로써는 불가능할 것 같답니다. 그래서 차라리 냉동상태로 100년 정도 보존되었다가 깨어난다면 그땐 세상이 바뀌어 가능하지 않을까요? 고향에 갈 수만 있다면 뭐든지 하겠습니다. 제가 가지고 있는 돈을 다 써서라도 그렇게 하고 싶답니다."

전철봉 씨는 황해도 옹진이 고향이랍니다. 부모님과 누나들과 옹진에서 행복하게 살던 어느 날 한국전쟁이 일어나면서 가족 모두 강화도로 피난 내려왔다는군요. 그러나 어머니와 누나들이 다시 고향으로 돌아가겠다고 하여 그와 그의 아버지만이 강화도에 머물렀는데 전쟁이 끝나자 아버지마저 행방불명되어 그는 마치 고아처럼 인천에서 홀로 살아왔답니다.

올해 80세인 전철봉 씨는 언젠가는 고향으로 돌아갈 수 있다는 믿음을 간직한 채 건강한 심신을 유지하기 위해 계양산에서 20년째 운동해 오고 있는데 남북관계의 개선에 거는 기대가 무너져 내렸다고 합니다.

"젊은 김정은이 인민들이 잘 먹고 살 수 있도록 하겠다고 하여 남북 간의 경제 관계가 개선되면서 고향에 갈 수 있을 것으로 생각했지요. 그런데 트럼프와의 회담이 실패된 뒤 김정은의 야욕만 더 커져 그런 것들이 불가능할 것 같습니다."

잠시 만나 나눈 얘기였는데도 그 내용이 집으로 가는 내내 머릿속에 맴돌더군요. 그러면서 그야말로 나 자신부터 남북한을 왕래하며 일하고 싶다는 생각이 들었습니다. 하지만 사람에 의해 만들어져 유지되고 있는 지금의 상황이 해결되지 못하니 결국 하늘에 부탁하게 되었지요. 그러자 지나온 삶의 경험이 기억되는 동시에 해결책이 느껴지는 것 같았습니다.

지금까지 살아온 내 인생을 되돌아볼 때 하늘이 주신 행운이 없었다면 지금 이 순간도 없을 만큼 내 삶은 하늘이 주신 행운의 덕이라고 생각합니다. 물론 내가 직접 계획하고 노력했던 것도 있습니다만 그럼에도 불구하고 성취될 수 없던 것은 불순함이 있다거나 제로섬 같은 소원이었기에 하늘이 살펴줄 수 없었을 것입니다. 하늘은 자신이 만들어놓은 피조물들이 원래대로 순수함을 유지하며 살아가기를 원하기 때문에 좋은 일의 시작에 행운을 주고 나쁜 일의 끝에 벌을 주며 어느 한쪽에 손해가 될 수 있는 일에는 행운을 주지 않는다고 들었습니다.

그러므로 한국전쟁이 발발했던 것과 전쟁 이후 70년 동안이나 단절상태가 계속되고 있는 것은 그것들을 원하는 사람들이 그들의 이익을 위해 만든 결과이지 하늘이 그들의 말을 들어주어 그렇게 된 것이 아니라는 것도 들었습니다. 하늘은 그런 것을 잘 알고 있으면서 그런 일이 끝에 다다를 즈음 벌을 내린다고 하는데 그 끝이 보인다고 하네요.

하늘이 가장 원하지 않는 것은 하늘의 섭리에 도전하는 것인데 사람들이 그런 여러 행위에 이미 들어섰지요. 특히 전철봉 씨처럼 많은 사람이 냉동인간이 되었다가 필요할 때 다시 살겠다는 생각도 하고 있으니까요.

하늘은 전철봉 씨가 그런 생각을 하게 된 근본적인 원인을 알고 있기에 결국 한국전쟁을 매듭짓게 한답니다. 그 방법은 오로지 자연의 힘으로 사람들을 순수로 되돌리는 것이라네요.

자유

"뭐 어디라고? 경찰서는 또 왜? 어젯밤엔 들어오지도 않더니. 내가 못 살아. 너만 없다면 하늘로 날아가겠다!"

아침에 계양산에 올랐다 내려오고 있는데 반대로 올라오다 멈춰선 40대 후반 정도의 여성이 통화하며 내는 소리였답니다. 흥분된 그녀의 목소리가 얼마나 컸던지 그녀를 지나 조금 멀어졌는데도 그 내용을 다 알아들을 수 있을 정도였지요. 아마 남편인지 자녀인지가 싸움을 해 경찰서에 있는 모양입니다. 그러자 그녀는 어쩔 수 없이 다시 산을 내려가는 것 같더군요.

서둘러 발걸음을 내디디며 나를 추월해 내려가는 그녀의 뒷모습에서 "내가 너만 없다면 하늘로 날아가겠다."라는 그녀의 목소리가 다시 귓전에 들려오는 것 같았답니다.

등산에 적합하지 않은 옷과 신발을 착용한 것을 보니 원래 등산 계획은 없었나 본데 그래서 그런지 그녀의 그런 모습과 말투가 그녀를 측은하게 보이도록 하는 것 같더군요. 오죽 속상했으면 가족에게 그런 말을 했을까요. 참으로 안됐습니다.

그런데 그녀는 정말로 그런 가족이 없다면 하늘로 날아갈 수 있을까요? 사람이 맨몸으로 하늘을 난다는 것이 물리적으로는 어렵겠지요. 하지만 그녀의 그런 가족이 그동안 그녀를 너무 힘들게 했기 때문에 그것에서 벗어나고 싶어서 불가능한 일로라도 강조하며 그렇게 표현했을 겁니다.

그녀처럼 세상을 살아가면서 만일 어떤 것이 없다면 행복해질 것이라고 여기는 일들이 많이 있지요. 학생에게는 시험일 것이고 아마 모든 사람에게 공통적으로 적용되는 것으로는 고민과 질병이 있을 텐데 특히 질병이라면 무엇보다 코로나바이러스가 아닐까요?

계양산에 메아리쳤던 한 여인의 통화 내용에 따라 생각을 가져봅니다. 그녀가 그렇게 말했던 것은 지금의 어려움에서 벗어나는 자유를 갖고 싶어서 그랬듯이 코로나가 사라진다면 세상의 모든 사람이 정말로 하늘을 날 수 있을 만큼 자유로워질 것입니다.

일장춘몽

　단박에 큰돈을 벌어 평생을 갑부로 살아갈 수 있다면 참으로 좋겠지요. 매스컴을 통해 그런 사람들을 알게 된 경우도 있을 텐데 단박에 큰돈 벌었던 분을 계양산에서 직접 만날 수 있었답니다.

　그분은 상상할 수 없을 만큼의 돈을 혼자 버셨던 분으로 그렇게 많은 돈을 벌게 되었던 경험을 말해주었습니다.

　H씨는 87세로 1960년대 말 20대였을 때 3년에 걸쳐 매달 평균 천만 원 정도를 벌었답니다. 당시 서울의 집값이 한 채에 120만 원 정도였다는데 한 달에 천만 원의 수익을 올렸다면 그야말로 엄청난 금액이지요. 3년이면 36개월이고 한 달에 천만 원이라면 총수입이 3억6천만 원으로 아마 그 당시에 300채 정도의 집을 살 수 있을 정도의 금액이었을 겁니다.

　그런데 그는 매번 벌었던 많은 돈을 은행에 넣어두지 않고 금으로 바꾸어 집안에 보관해둘 수밖에 없었다는데 그렇게 했던 것이 오히려 큰돈을 벌게 된 방법이 되었으며 그렇게 해야만 했던 이유가 있다는군요.

　한국전쟁 중 이북에서 혈혈단신으로 내려와 생면부지의 사람들로부터 도움을 받아 서울 소재의 고등학교를 졸업하면서 사람에게 감사하며 사는 것을 생활신조로 여기게 되었답니다. 그래서 고등학교 졸업

이후 일반기업에 취업하기보다는 자신에게 도움을 주었던 서울대 약학과 교수를 돕는 일을 선택했다는군요. 그러면서 그는 그 교수와 학문적으로 도움을 주고받았던 동국대 교수에게 심부름을 하러 갔다가 그 교수의 양딸인 성신여대 재학생을 만나게 되어 결혼했답니다.

그녀는 한국전쟁 당시 신의주로부터의 피난길에서 혼자 울고 있었는데 그 동국대 교수가 데리고 피난 내려와 길렀답니다. 그래서 그와 그녀는 동병상련의 아픔을 느껴 서로 의지하고 사랑하게 되어 잘 살기로 다짐하면서 그는 일반기업에 취직하여 돈을 벌기로 마음먹었다는군요.

그때 그는 알고 지냈던 화신백화점 사장에게 취업을 청하여 그 백화점의 귀금속 판매 부문에서 사회생활을 시작하게 되었답니다. 그는 또 한 번 사람에게 감사하는 마음을 바탕으로 맡겨진 일을 성실하고 정직하게 처리했더니 백화점 사장이 그의 부탁을 들어주었다고 합니다. 그는 명동에 개인 금은방을 차릴 수 있게 되었는데 그때부터 그에게 큰돈을 벌 수 있는 행운이 들어왔다는 것을 느꼈답니다.

박정희 대통령 시절 외화차관으로 공업화에 나섰을 때 정치인과 공무원의 영향력이 개인사업의 성패를 좌우할 정도가 되었다는군요. 그래서 사업가들이 그들에게 뇌물을 상납할 수밖에 없는 지경이 되자 당시 우리나라는 뇌물 공화국이라고 불릴 정도였다고 합니다.

그렇다면 그런 뇌물 만능 시대에 무엇이 효과적이었을까요?

금은보석을 이용한 로비가 최고의 효과를 거두면서 금 열쇠와 은주전자, 은수저 등 엄청난 양의 귀금속 수요가 높아지자 그는 금은보석을 항상 소지해야 할 필요가 있었다는군요. 그래서 그는 그것을 보관하기 위해 당시 종로지역에 드물던 3층 건물을 직접 지어 살았답니다.

당시 그에게 각종 귀금속을 구입한 사람들은 항공, 운수, 중공업, 건설업 등 현재 우리나라 산업의 근간이 된 업종의 기업주와 그들의 아내 그리고 정부 여러 부문의 공무원이 많았다는군요. 지금도 그때를 생각하면 "H 군!" 하면서 가게에 들어서던 C 회장 모습이 눈에 선하답니다.

그런데 그들이 그를 택했던 이유는 그가 젊었기 때문에 속이지 않을 것이며 뇌물에 대한 소문을 내지 않을 것이라는 생각 그리고 그를 쉽고 편하게 대할 수 있었기 때문이었다는 것을 어느 사업가한테서 들을 수 있었답니다. 그 결과 그들과의 관계가 잘 지속되면서 점점 더 많은 수익을 올릴 수 있게 되자 금 밀수업자들이 그에게 접근해와 협업하자는 요청을 했고 그는 그것을 받아들여 그들이 밀수한 금으로 제품을 만들어 판매하거나 지방의 금은방 사업자들에게 골드바를 공급하는 중간 판매책 역할을 하게 되었다는군요. 그러면서 더 큰돈을 벌게 되자 그와 거래했던 귀금속 공급자들이 그를 시기하면서 그에 대한 소문을 퍼뜨려 사법당국의 감시가 뒤따랐답니다. 그래서 개업 3년 만에 스스로 폐업을 결정하면서 1년 동안 지방으로 도피하며 살게 되었는데 그 당시 그가 경찰과 신문기자에게 뜯겼던 돈이 그동안 벌었던 돈 대부분을 차지할 정도였었기에 그들도 아마 그 돈으로 부자가 됐을 거라고 하네요. 그렇게 그는 그들에게 그렇게 많은 돈을 뺏겼지만, 또한 그들의 도움으로 수배자와 범법자에서 벗어나 다시 서울로 올라올 수 있었답니다.

그때 마침 서울에는 2, 3층 주택을 짓는 것이 유행하면서 그가 지었던 집이 모델이 되자 집 짓는 일을 시작했는데 그 일이 뿌리를 내릴 즈음 강원도에서 국회의원을 하는 사람이 그에게 비서로 활동해

달라고 요청했다는군요.

그는 비서로 2년을 보내면서 과거 자신이 금은방을 운영했을 때 정치인에게 뇌물을 주기 위해 찾아왔던 사업가들한테서 들었던 국회의원의 위력을 직접 확인할 수 있었답니다. 당시 정치인은 정치적 힘이 필요한 일마다 개입하여 이익을 취한다든지 사람들을 이용하는 것을 너무 잘했다고 합니다.

이후 그는 국회의원 비서직을 떠나 집으로 돌아왔는데 그때부터 그는 평범한 사람으로 사는 길을 선택했답니다. 그리하여 그동안 벌어놓았던 돈으로 3자녀를 잘 키우는 것에 주력했고 그의 아내도 천주교에서 봉사활동을 하는 등 신앙생활에 몰두해왔다는군요.

그가 돈 버는 것에 관해 말했습니다.

"모든 일엔 행운이 따라야겠지만 돈을 벌겠다며 무조건 돈을 좇아야 되는 것이 아니라 돈이 흐르는 길목을 알아두어 돈이 그곳에 가두어질 수 있도록 해야 하는 것입니다."

그것을 볼 때 단박에 큰돈을 벌 방법은 수요가 많은 것과 관련된 일을 하는 것인데 그러므로 우리의 생활에서 수요가 높은 일을 알아내는 정보력이 필요하며 그에 따른 공급 방법을 찾아내는 것이 중요하다고 했습니다.

그러나 무엇보다 중요한 것은 '이 일을 꼭 하겠다.'라는 의지가 필요하며 사업보다는 오히려 장사가 성공할 가능성이 더 크다고 하네요. 왜냐하면 사업은 수요를 창출해야하기 때문에 시간이 오래 걸리고 큰 자본금도 필요하지만 장사는 공급만 잘하면 훨씬 더 빨리 성과를 올릴 수 있기 때문이랍니다.

세월의 흐름과 함께 어느덧 그는 자녀들도 출가시키고 아내와 단둘

이서만 살게 되었답니다. 그러다 어떤 연유로 서울에서의 생활을 접고 인천 계양구의 어느 아파트로 옮겨왔는데 어느 날 아내가 성당 성가대에서 성가를 부르던 중 쓰러지는 일이 발생해 뇌수술을 받게 되었다는군요.

수술 이후 불행하게도 아내는 중증 치매에 걸리게 되었는데 그때가 지금으로부터 16년 전으로 그는 그렇게 된 아내를 집에서 직접 간병했답니다. 그러면서 왠지 생활에 위기의식이 느껴져 자식들의 장래를 위해 재산을 나눠주게 되었는데 그때 아내의 치매와 재산에 대한 가족 간의 오해와 마찰이 생겨 9년 전부터 자식들이 찾아오지 않는답니다.

그리고 그로부터 4년 이후 자신도 우연히 넘어지면서 고관절이 부러져 장기간 병원에 입원하게 되자 아내를 직접 돌볼 수 없게 되어 아내를 요양원에 보낼 수밖에 없었답니다.

그는 젊었을 때 행운이 찾아와 짧은 기간 동안 엄청난 돈을 벌어 그 돈의 힘으로 평생 어려움 없이 살아왔는데 최근에 돈의 힘이 미치지 못하는 것이 있다는 것도 경험했답니다. 코로나 때문에 요양원에 있는 아내를 만날 수 없고 자식들조차 자신들을 외면하니 인생이 허무해 극단적 선택을 하려고도 했답니다.

치매에 걸리기 전에 아내는 단 한 번도 자신에게 불만을 나타낸 적이 없을 정도로 착했다고 합니다. 남한엔 단 한 명의 일가친척도 없기에 오직 서로만을 의지하며 살아왔다는군요. 그런 아내를 행복하게 해주겠다는 마음으로 평생 아내의 말을 들으며 열심히 살아왔는데 아내는 끝내 2021년 12월 16일에 세상을 떠나고 말았답니다.

착한 아내를 만난 것과 큰돈을 벌었던 것이 행운이었기에 자신의 존재를 되돌아볼 때 행운은 사람을 가리지 않고 찾아오지만 불운 또한 사람을 가리지 않고 찾아온다고 합니다.

　인생은 공수래공수거라고 그저 빈손으로 왔다 빈손으로 가는 것이건만 욕심을 통제하지 못해 인생을 쫓고 쫓기는 식으로 보낸 것이 너무 아쉬웠다며 허공을 응시한 채 일장춘몽이라고 말했습니다.

제4장

변화를 바라며

파초의 꿈

　우리나라 축구 선수들이 2002 한일월드컵에서 4강의 꿈을 이루었던 것처럼 그해에 구직의 꿈을 이뤘답니다.

　하지만 그 이전에 세상이 모두 내 뜻대로 펼쳐지는 것 같았던 때도 있었지요. 그런데도 그런 상황에 만족하지 못하고 더 큰 꿈을 향해 하늘 높은 줄 모르고 치솟다가 날개가 부러져 땅 한구석 음지에 처박혔답니다. 그리고 그곳에서 지난날을 그리워하며 햇빛이 비치기만을 기다렸답니다.

　그런데 그 당시 어떻게 알게 되었는지 꽤나 오래된 노래인 '파초의 꿈'의 노랫말이 떠올라 한없이 불렀습니다.

　　낙엽이 나부끼던 어느 날인가
　　눈보라 밤새 일던 어느 날인가
　　세월의 뒤안길을 서성이면서
　　한 많은 외로움에 울던 그 사람
　　언젠가 땅을 딛고 일어서겠지
　　태양의 언덕 위에 꿈을 심으면
　　파초의 푸른 꿈은 이뤄지겠지.

윤혁민 작사 김강섭 작곡 문정선 노래의 '파초의 꿈'이란 노래를 그렇게 불러댔기 때문이었는지 다행스럽게도 그 음지에 햇빛이 들어왔습니다. 세상에 두 번 다시 있을 수 없는 기적 같은 기회였지요.

방송사에서 PD로 일할 때 중국과 수교될 것을 예측하며 중국전문 언론인이 되겠다는 계획으로 싱가포르국립대학교에 유학하여 중국어를 습득한 뒤 방송사를 떠났으나 일이 틀어져 졸지에 실업자가 되고 말았었습니다. 이후 개인적으로 약 10년 동안 중국 진출의 기회를 찾았지만, 역부족이라는 것을 깨달았을 즈음 행운이 찾아와 학생들에게 영어 가르치는 일을 하게 되었지요.

그리고 매일 열정을 다해 새로운 마음가짐과 노력으로 19년 정도를 이어오던 어느 날 답동 골목을 통해 출근하면서 그곳에서 파초를 보게 되었습니다. 그 순간 왠지 파초에 빚을 졌다는 마음이 들더군요. 그래서 파초를 잘 길러보겠다는 생각으로 바로 꽃집에 가서 파초를 사려고 했는데 주인이 파초를 잘 모른다고 하기에 대신 칸나를 사 들고 왔답니다.

그런데 그 칸나를 토기 화분에 옮겨 심으며 다시 생각해보니 그건 아니었습니다. 그래서 다음날 출근길에 파초를 보았던 그 집에 가보았답니다. 그리고 용기를 내어 문을 두드려 주인과 인사를 나눈 뒤 파초를 분양해줄 수 있는지를 여쭸지요.

그랬더니 주인인 노부인께서는 흔쾌히 줄기가 붙어있는 파초 뿌리를 떼어내시더니 잘 키우라며 주셨습니다. 나는 그 파초를 세상에 가장 큰 기쁨과 감사의 마음으로 받아들여 영어교습소로 가져와 커다란 화분에 정성을 다해 심었답니다.

그렇게 파초를 곁에 두니 파초에게 빚을 갚은 것 같아 마음이 편해졌습니다. 그러면서 파초를 한참 바라보고 있자니 과거 파초의 꿈을 부르며 구직의 꿈을 꾸었던 것과 영어교육을 하게 되었던 일들이 떠올랐지요.

그 시절 '파초의 꿈'을 불러댔던 것은 꿈이 이뤄지겠다는 노랫말이 맘에 들었고 그렇게 되기까지의 내용이 내 이야기 같아서였답니다. 그 결과 영어교육이 직업이 되어 20년 가까운 세월을 보내고 있으니 내가 파초였고 파초의 꿈은 영어교육이었기에 앞으로도 그 꿈은 계속 펼쳐질 것입니다.

철골소심

'난이 꽃을 피웠어요!'

약 20년 전에 영어 가르치는 일을 지금의 상가 건물 4층에서 시작했었을 때 한 지인이 선물로 가져왔었던 동양란 '철골소심'이 꽃을 피웠답니다.

사무실을 이전할 때마다 뾰족하고 진한 녹색의 이파리가 전부였던 그 동양란도 함께 옮겨졌는데 어느 때 그 난의 화분이 깨지면서 집으로 오게 되었지요.

새로운 화분에 잘 옮겨진 그 난은 식탁에 모셔졌답니다. 그런 다음엔 책상 위로 그리고 보일러실로 보내지는 등 세월이 갈수록 푸대접에 이어 그저 살아있을 만큼의 자투리 공간만이 주어지고 말았네요.

그러던 어느 날 그 난의 화분에 물이 마른 것 같아 물을 채운 세숫대야에 한참 담가놓았다가 남쪽 창틀 위에 올려놓았지요. 솔직히 창문을 열어놓고 지낼 만큼 여름이 시작되었기에 그냥 창틀 위에 방치했던 것이나 다름없었답니다.

그리고 며칠 지난 뒤 언뜻 화분을 보았더니 꽃대가 올라왔더라고요. 그래서 자세히 살펴보니 3개의 꽃대에 각각 5개 정도의 꽃망울이 막 터질 것 같은 순간이었답니다.

그러더니 다음날 바로 꽃으로 피어나 향기를 뿜었습니다. 그 향기는 사방 창문이 모두 열려 있어도 온 집안에서 은은하게 맡을 수 있었지요. 그러자 집안 분위기가 고상하고 품위 있게 느껴졌고 내 인격도 높아진 것 같았답니다.

그리고 그런 기분에 따라 좋은 일들이 이어질 것이라는 예감마저 들었는데 그때 양심의 가책이 느껴졌답니다. 그 난에게 너무 무심했던 지난날이 떠올랐던 것이지요.

"나를 따라다니며 20년 가까이 지켜봐 준 철골소심!"

진한 녹색의 뻣뻣할 만큼 강하고 긴 뾰족한 이파리를 보면 생각이 바르게 되었고 또한 이파리들을 손으로 쓸어주면 코끝에 상큼한 풀냄새 기운이 맡아져 순수한 동심이 느껴진다며 좋아했지요. 그런 생각과 기운 때문이었는지 좋은 일들도 많아졌는데 그러면서도 정작 철골소심에게는 홀대와 무관심이 전부였답니다.

그랬는데도 철골소심은 나를 원망하지 않고 오히려 꽃과 향기를 내주어 기쁨이 일게 해주었네요. 더구나 코로나에 지쳐 점점 시들어가는 세상이더라도 결코 쓰러지지 않고 살아갈 수 있도록 희망과 행운이 들도록 했답니다.

그런 마음이 생기게 해준 철골소심에게 한없이 미안하고 진정으로 고맙습니다. 철골소심의 꽃말이 '순수와 청렴'이라고 하니 그 꽃말처럼 순수로 돌아가 청렴한 마음의 자세로 살아가렵니다.

까치 울음에 기상

　까치 울음소리를 듣고 깨어나 시작된 9월입니다. 비록 가을 장맛 속 이슬과 같은 비가 내리는 어둑한 날씨지만 까치울음을 들으니 좋은 일이 많이 있을 것 같아 기분은 좋네요.

　9월은 가을이 시작되는 첫 번째 달로서 환절기라고 하지요. 계절이 바뀔 때 만물의 생체리듬 또한 바뀌면서 세상을 달리하는 일이 많이 일어난다는데 세상의 기운이 바뀌기 때문에 일의 흐름도 바뀔 수 있다고 합니다. 그래서 하던 일이 안 되기도 하고 안 되던 일이 되기도 한다니까 만일 하던 일이 안 되었다면 다시 실행해 보세요. 잘 될지도 모릅니다.

　그런 것에 따라 변화를 바라는 큰일을 꼽는다면 우선 코로나가 사라지는 것이고 그럼으로써 그동안 못했던 일을 펼치는 것입니다. 할 일이 참 많답니다. 만나지 못했던 사람들을 만나고 가보지 못했던 곳도 가볼까 합니다. 하지만 먼저 영어교습소를 알리기 위해 내·외부 단장에 힘쓸 것입니다.

　외부에 현수막을 걸고 내부를 재정돈하여 학생들이 올 수 있도록 할 것입니다. 그래야 수입도 늘겠지만 그보다 바라는 것은 과거에 학생들의 웃음과 소음으로 생기가 넘쳤던 분위기를 다시 한번 접하며 즐기고 싶어서랍니다.

예전엔 그런 소란이 얼마나 좋은 것인지 몰랐는데 요즘처럼 적막하다시피 바뀐 환경을 맞다 보니 불안과 우울함까지 느껴지는군요. 삶 속에서의 가치는 후회할 때 알게 된다는 것을 경험했습니다. 한때 새벽과 늦은 밤에도 수업했는데 그랬던 시절처럼 활동하다가 여기까지라는 결정과 함께 스스로 물러날 수 있다면 좋겠습니다.

이 상태에서 그대로 끝날 수는 없답니다. 이 일을 분골쇄신하며 멋지게 해내겠습니다. 그러기 위해 오는 겨울에 싱가포르에 갈 수 있기를 바랍니다. 30여 년 전 그곳에 심었던 희망의 나무를 확인하러 가겠습니다. 싱가포르는 세계에서 가장 높은 코로나 백신 접종률을 보이고 있다지요. 570만 인구 가운데 80퍼센트가 코로나 백신접종을 마쳤기 때문에 코로나 발생 이전의 생활로 돌아가면서 관광객도 받아들일 것이라고 하네요. 나도 코로나 백신접종을 모두 마쳤으니 싱가포르에서 허용만 한다면 선두 그룹으로 방문하여 그곳에서 30여 년 전의 팔팔했던 기운을 되찾을 겁니다.

9월의 첫날 아침을 깨운 까치 울음소리에 행운을 기대하고 있답니다. 까치는 행운이 온다는 것을 미리 알려 준다고 하는데 그와 비슷한 이야기가 예부터 많이 전해오지요. 그런 것들을 미신이라고 말하기도 합니다. 하지만 실상 어떤 누구도 행운을 무시할 수는 없을 것입니다. 나폴레옹이 겪었다는 네 잎의 클로버 얘기를 비롯하여 주변에서 그와 같은 일을 부지불식간에 경험했다는 사례를 많이 듣고 보았을 테니까요. 나도 진학과 취업 등에서 행운의 덕을 본 경험이 있지요. 인생을 꾸려나가기 위해 우선 노력이 중요하지만, 행운도 필요했다는 것이 내 삶 속에 녹아 있답니다.

로또 구입

　로또 복권을 샀습니다. 1등 당첨을 바라며 샀지요. 아침에 까치 울음소리를 듣고 깼는데 그런 일을 처음 겪는 것이었기에 좋은 일이 생길 것이라는 기대감이 들었기 때문이랍니다. 코로나에 위축되어 매일 소심한 마음으로 살아가면서 뭔가 획기적인 일이 일어나길 바랐는데 그 바람이 이루어진다고 생각했지요. 길조인 까치가 틀림없이 좋은 일이 있을 것이니 행운을 받을 준비를 하라고 알려주는 것이라고 믿었습니다.

　그래서 다른 날보다 더 일찍 출근하여 영어 교습소가 있는 건물 옆 건물의 복권 판매점을 찾았답니다. 그 복권 판매점은 내가 단골이 된 곳이랍니다. 최근엔 가보지 않았지만 어머니 치매와 관련된 글을 쓸 때 어머니를 위한 자금이 생기기를 바라며 매주 이용했던 곳이지요.

　그곳의 주인은 내 맘에 드는 사람입니다. 방문할 때마다 항상 웃는 얼굴을 보여주며 기분 좋게 "대박 나세요!"라는 말을 성의 있게 외쳐 준답니다. 그렇기 때문에 일부러 그 사람을 보기 위해서라도 그곳을 방문하여 복권을 사게 될 정도였지요.

　그 당시 복권을 사면서 생기는 마음이 있었답니다. 복권을 구입하는 순간부터 추첨하는 토요일 그 시간까지 1등에 당첨되기를 바라며 조금이라도 더 착한 생활을 하려고 애썼답니다. 그래야 당첨될 것이라는 권선징악과 같은 생각이 들었기 때문이었지요. 그러면서 당첨 이후의 일들도 계획했답니다.

복권당첨금으로 하고 싶은 일들을 나열해보니 수십억 원이 더 드는 일이 생각나기도 했는데 그 돈으로는 어림없었기에 결국 어머니를 위한 것과 당장 필요한 것들에 쓸 것만 따지게 되었지요. 참 웃기는 이야기이지요?

그래도 어쨌든 복권을 사게 되면 그런 생각들 때문에 복권을 사는 순간부터 추첨할 때까지 복권과 상관없이 지내던 때보다 기분이 좋아진답니다. 물론 당첨되지 않았던 초창기에는 작게 실망하며 복권에 연연하는 제 모습이 초라하게 느껴지기도 했지요. 그래서 복권구매를 그만두었는데 마음속에서 '양심도 없지, 어떻게 한 번 사서 당첨되기를 바라느냐?'라는 소리가 났습니다. 그러면서 또한 복권에 당첨돼야 어머니를 위한 일을 할 수 있다는 것과 나쁜 짓거리를 해서 돈이 생기는 것도 아니라는 등의 당위성을 내세우게 되니 복권 구매와 탈락을 아무렇지 않게 여기며 복권 구매를 계속했답니다.

하지만 어머니 치매와 관련된 글을 쓰며 계속되었던 복권 구매도 그 글이 책이 되어 나오자 멈추게 되었지요. 그리고 한 주 동안 가졌던 그런 기분도 잊고 살아왔는데 다시 그 복권 판매점을 찾았습니다. 그러자 그 판매점 주인은 이전과 변함없이 반갑게 맞이하며 시원하게 외쳐주더군요.

"대박 나세요!"

오랜만에 접한 주인의 기분 좋은 그 외침이 마치 까치 울음소리처럼 들렸던 이유는 또 무엇일까요?

농익은 우정

아침에 까치 울음소리에 잠을 깬 뒤 행운을 기대하며 로또 복권을 구입했다는 내용의 글을 써서 카톡에 올리자 친구가 그 글을 읽고 댓글을 달았습니다.

"까치 스토리를 내가 사겠네!"

그래서 그렇게 하자고 했지요.

어쩌면 싱거운 글 나눔이라고 여길 수 있겠지만 까치 스토리가 정말로 로또 복권 당첨을 불러온다 해도 그 스토리를 '희석'에게 팔아서 그가 로또 1등에 당첨된다면 좋겠습니다.

희석은 내가 소중하게 여기는 대학 동창이랍니다. 그는 내가 양지에 있거나 음지에 있거나 빛을 발할 때나 빛을 잃었을 때나 항상 연락하며 찾아주었던 벗으로서 이 세상에 사는 동안 그가 없다는 생각을 한 번도 해 본 적이 없답니다. 그는 나를 위로하기 위해 손을 내밀어준 천사기도 했고 함께 성장하자며 어깨를 부딪치기도 했던 동행자기도 했지요. 하지만 우린 대학 졸업 후 서로 다른 길을 걸어왔답니다.

그는 유지관리가 필요한 환경측정용 전자 용품을 미국과 유럽 등의 국가에서 수입하여 정부에 공급하는 무역회사에서 세일즈 엔지니어로서 지금까지 일하고 있습니다. 그는 수입한 환경측정용 전자 시스템을 운영하는 기술력을 가지고 있을 뿐만 아니라 정부 관공서의 담당자들이나 박사들과 직접 소통하며 시스템의 설치와 관리를 해오고 있답니다. 그는 그 분야의 선두 그룹에 속하는 전문가로서 우리나라 환경 분야의 발전에 젊음을 바쳐온 셈이지요.

그런데 그는 20년 전쯤에 사고로 아내와 딸을 잃고 아들과 함께 살아왔는데 몇 년 전 그 아들이 결혼했답니다. 그러자 아들 내외보다 자신이 더 먼저 아기를 원하면서 아기가 생기지 않는다는 걱정을 만날 때마다 하더군요. 그렇게 몇 년을 보내던 어느 날 마침내 며느리가 임신했다며 그는 할아버지가 될 것이라는 기대와 함께 신이 났었는데 시간도 순탄하게 잘 흘러 드디어 손녀딸을 보게 되었지요. 그의 전화로부터 함께 넘어온 기쁨과 행복이 아내와의 저녁 식사에 펼쳐지면서 음식이 훨씬 더 맛있어졌고 아내도 그와 그의 아들 내외와 손녀에게 진심의 축하를 전했답니다.

10년 전쯤의 일입니다. 그가 찾아온다기에 수업을 일찍 마치고 동인천역에서 만나기로 했는데 모습이 보이지 않더군요. 그러더니 잠시 후 전화로 동인천 지하상가에 있는 '감포 철학원'이란 곳에 있다고 알려왔답니다. 그래서 그곳에 찾아가서 그의 옆에 함께 앉아 그 원장이 말해주는 그의 운세에 대해 듣게 되었지요.

"선생님은 사주에 사업 운이 없습니다. 그러니까 지금의 직장에서 열심히 일하시는 게 나은데 만일 업무가 정부를 상대로 하는 일이라면 더 좋을 것 같습니다."

그 원장이 말하는 부분이 어느 정도 맞자 나와 친구는 눈이 휘둥그레졌습니다. 그리고 그제서야 그 친구가 사업을 차릴까 고민하고 있다는 것을 알게 되었지요.

그곳을 벗어나면서 나도 희석에게 사업을 차리지 말고 그 회사에서 열심히 일하라고 했답니다. 희석이 하는 일은 전문직이기 때문에 정년퇴직해도 다른 회사에서 계속 일 할 수 있다고 말해주었지요.

철학원 원장의 말을 들어서였는지 희석은 사업 생각을 접고 다니던 회사에서 정년을 마쳤답니다. 그러자 당시 경쟁사에서 그 내용을 알고 그에게 70세까지 함께 일하자고 요청하여 그곳에서 계속 일하고 있답니다.

나는 그 친구가 잘되기를 바라기 때문에 까치가 알려주는 행운이 로또 1등 당첨으로 나타난다 하더라도 그 행운을 그 친구에게 기꺼이 주겠습니다. 그것이 바로 농익은 우리 우정의 산물이니까요.

다 잘되기를

까치와 관련되어 로또 복권을 구입하게 된 사연을 쓰자 내 친구가 그 스토리를 사겠다고 했었지요. 그래서 그 이후에 그 친구에 관한 이야기도 소개했답니다. 그러자 그 글 가운데 철학원에 관한 내용을 읽은 몇 사람들이 그 철학원이 용한 것 같다며 자신의 궁금증과 답답함을 풀기 위해 그곳에 가보겠다고 하더군요.

내 글을 읽고 몇 사람들이 보여준 그런 반응에 처음엔 뿌듯했습니다만 곧 걱정도 뒤따랐습니다. 왜냐하면 눈에 보이는 제품을 사용한 뒤 만족했던 글을 써서 다른 사람들이 그것을 읽고 같은 제품을 선택하게 되는 것이라면 몰라도 미래의 운세를 예측하는 것과 행운에 의존하는 복권에 관한 것이었기에 만일 적중하지 않는다면 그들의 희망이 무너질까 봐 부담스러웠기 때문입니다.

하지만 한편으론 그들도 이전에 복권을 구입하거나 철학원에 가보았던 경험이 있을 것이라고 단정하며 설령 결과가 기대에 부합되지 않더라도 별문제가 없을 거라는 생각이 들면서 부담이 약해졌습니다.

어쨌든 내가 카톡에 글을 쓰면서 본의 아니게 그 로또 판매점과 철학원을 광고한 꼴이 되고 말았습니다. 그로 인해 판매점과 철학원에 도움이 되는 것도 좋지만 내 글을 읽은 사람들이 정말로 철학원에서 도움이 되는 이야기를 듣는다든지 로또 1등 당첨의 행운이 따르기를 빌어드려야겠네요.

특히 나와 영어를 함께 익히고 있는 중학교 1학년 지훈 어머니께서는 내가 로또 복권을 샀다고 하는 판매점에서 복권을 샀고 계속해서 그 철학원에 가서 운세를 보겠다고 했기에 더 힘을 쏟아 기원해야 할 것 같습니다.

지훈 어머니를 만난 것도 벌써 10년이 훨씬 지났습니다. 지훈이 형인 대학생 주영이가 초등학교 2학년 때부터 고등학교 3학년 때까지 나와 영어를 익힌 것이 10년이었고 지훈이 온 것이 3년째이니까 모두 합쳐 13년이 되었네요.

지훈의 가족은 자주 여행을 떠난답니다. 프로그래머인 아버지와 물리치료사인 어머니가 여행을 좋아하기 때문에 4식구가 여행으로 뭉치는 가족 중심의 모범 가정이랍니다.

나는 인성이 반듯한 주영에게 초등학교 때부터 공무원이 되어 이 나라를 정의로운 나라가 되도록 기여했으면 좋겠다고 말했었는데 그는 충분히 그렇게 될 수 있을 겁니다. 그러나 지훈은 주영과 완전히 다르답니다. 그는 어디로 튈지 모를 정도로 개성이 강하고 고집이 세지요. 그래서 뭔가 자신이 좋아하는 일을 한다면 좋은 성과를 올릴 것으로 기대하는데 그에게 지금까지 장점은 책 읽는 것을 좋아해서 많은 책을 읽었다는 것입니다. 그래서 그는 학교에서 배운 것을 넘어 여러 분야에 걸친 지식을 가지고 있더군요. 그것이 그의 고집과 더해진다면 아마 창의력과 집념으로 뭔가를 이룰 수 있겠다는 생각이 든답니다.

아무쪼록 지훈의 가족에게 가족의 힘으로 해결되지 못할 걱정거리가 있다면 그 철학원 원장의 조언이 도움이 되고 벌 수 없을 만큼 돈이 필요하다면 행운이 찾아와 로또 당첨이 이루어지기를 빌어드립니다. 아울러 그런 바람을 가진 사람들도 모두 다 잘되기를 기원합니다.

행운 장식물

카톡에 부엉이 반지 사진을 올렸더니 어떤 분이 바로 질문을 해 왔습니다.

"부엉이 사진은 왜요?"

"어떤 나라 전설에 따르면 부엉이가 행운과 행복을 가져다준다기에 제 글을 읽으시는 분들께 행운과 행복이 따르기를 바라는 마음으로 그 사진을 올린 거랍니다."

그러자 그분은 그 내용에 조금 부정적인 의견을 붙였습니다.

"저는 부적이 행운을 가져다준다기에 부적을 가지고 다녔는데 오히려 나쁜 일들만 일어났어요. 그래서 그런 것들이 별 의미가 없다고 생각합니다."

그 내용에 나는 내 주장을 내세우지 않고 남의 뜻을 전하듯 이어 갔습니다.

"그래요, 부적이 무조건 소원을 이뤄줄 것이라는 맹신이 있었을 경우 누구나 다 그런 생각이 들 수도 있답니다. 하지만 자연을 닮은 장식물은 말 그대로 우선 감상하려는 마음으로 마련된 것으로써 그것을 보면 기분이 좋을 수 있다고 하지요. 그것은 과거에 그렇게 함으로써 좋은 일들이 많이 일어났다는 이야기들을 어느 정도 믿기에 그럴 겁니다. 물론 현대는 과학의 발달과 함께 그런 이야기들이 점차 사라지고 있습니다.

미개 사회에서 동식물이나 자연물을 수호신처럼 여겼었던 것처럼 부엉이와 네 잎 클로버 장식물과 보석 등을 착용하거나 간직하는 것을 애교스러운 토테미즘 정도로 본다면 그것이 행운을 불러올지도 모를 일이랍니다. 믿음은 긍정을 낳고 불신은 부정을 낳는다는 말이 있듯이 그것은 아마도 기대하는 사람의 마음에 달려있을 겁니다."

그러자 그분은 알겠다는 문자를 보내왔습니다. 그러면서 우리의 메시지 교환은 그것으로 끝났지만 사실 나도 그와 비슷한 것에 절대적 관심을 가졌다가 후회한 적이 있답니다.

30년 전쯤에 중국에서 활동하기 위해 중국에 노크하며 방송사를 그만두었지요. 하지만 일이 잘못되어 길이 막혔는데 그래도 포기할 수 없어 방법을 찾아 나섰다가 어느 날 광화문 지하도에서 '달마도'와 '불경'을 팔던 스님 차림의 사람을 만났답니다.

"이것만 사 들고 집에 도착하는 순간 중국으로 길이 열려있을 겁니다."

절박한 시간을 보내던 나는 그의 말을 믿고 주민등록증을 보여주며 1년 분할지급 조건으로 그것들을 구입했답니다. 그러면서 집으로 돌아오는 내내 중국과 관련되어 생겼던 각종 시련과 사람들에 대한 원망을 떠올리기도 했습니다.

어처구니없게도 너무 갈급했기 때문에 순간적으로 내렸던 판단이 정신세계마저 황량하게 만들었던 무지몽매한 경험이었지요. 어쩌면 달마도와 불경을 구입했을 때 불순한 마음을 갖지 않았더라면 뜻이 이루어졌을지도 모른다는 생각이 들기도 합니다. 그래서 그런지 행운을 가져온다는 장식물에 거는 기대에 아직도 마음이 간답니다. 자연을 닮은 장식물이 그런 소원을 들어준다고 말하는 것은 우연히 어떤 자연물에 순수한 마음으로 빌었는데 그것이 이루어지다 보니 마치 그 자연물이 행운을 가져다주었다고 믿게 되어 그러는지도 모르지요.

다행히 많은 시간을 보낸 뒤 영어교육을 하게 되면서 오늘에 이르렀는데 영어교육이 직업이 된 것은 중국 진출을 포기하고 순수한 마음으로 그저 무엇이든 하게 해달라고 산에 올라 빌던 때였답니다.

그래서 생각합니다. 내가 과거에 어려움에 처해 있었을 때 행운이 찾아와 해결되었던 것은 그때 가졌던 마음이 어떤 욕심도 없었던 순수한 마음이었기 때문이었을 겁니다. 그러므로 행운은 순수한 마음을 가지고 있을 때 찾아옵니다. 장식물을 즐기려는 마음은 반대로 우선 순수해지고 싶은 마음을 갖고 싶어서 일어나는 것이 아닐까요?

운의 흐름 바꾸기

"아저씨, 개똥 치우고 가세요!"

거친 말투로 명령하듯 퍼붓는 소리가 뒤에서 들렸습니다. 아침 일찍 제 반려견인 '삐삐'와 계양산에 오르기 위해 계양산 입구에 도달했습니다. 그런데 삐삐가 견변 냄새를 맡기에 얼른 내 앞으로 당겼는데 뒤따라오던 중년 남자가 아마 그것을 보고 오해했었나 봅니다.

그래도 내가 대인이었다면 개를 기르는 입장에서 "그까짓 것 뭐!"하면서 치웠을지도 모릅지요. 하지만 나는 무엇보다 개똥을 아무 곳에나 퍼질러 놓고 다닌다는 몰상식한 견주로 몰리는 것이 싫었기 때문에 항변했습니다.

"우리 개가 그런 것 아닙니다."

그러나 그는 받아들이지 않은 채 계속 걸어가다가 뒤돌아보는데 그 표정이 마치, "거짓말하지 말고 얼른 치우기나 해!" 하는 것 같았습니다.

그의 말과 표정이 더운 아침부터 그야말로 열받게 했지요. 하지만 어떻게 하겠습니까? '배나무 아래에서는 갓끈도 고쳐 매지 말라'고 했는데 나는 그 말로 나 자신을 달래며 잠시 빨라졌던 심장박동을 늦췄습니다. 그러면서 그 말에다 오래전 어떤 학생의 할머니께서 했던 말까지 떠올리게 되었지요.

"예수는 잘못이 있어서 죽임을 당했나요? 세상 살다 보면 별의별 오해가 다 있답니다. 넘길 수 있는 것은 넘기고 살아야 심신이 상하지 않지요."

모기를 잡기 위해 검을 빼 든다는 '견문발검(見蚊拔劍)'처럼 작은 일에 너무 큰 예를 든 것 같네요.

어쨌든 그런 일을 겪으면서도 계양산 북서쪽 산성을 따라 걸어 올랐답니다. 불어오는 바람을 느끼며 등에 진 햇빛 때문에 생긴 제 그림자를 내려다보다 어느덧 서장대에 도착했습니다. 그리고 그곳에서 잠시 쉰 다음 다시 계성봉 쪽으로 내려와 해맞이 언덕을 통해 태양을 마주하며 내려가게 되었지요.

날씨가 더워서 그런지 등산하는 사람도 별로 없었는데 저만치 아래서 올라오던 중년 남자가 어느덧 내 곁을 스쳐 지나가며 나에게 마스크를 쓰라고 했습니다. 날씨가 덥고 사람도 없어서 마스크를 벗었는데 그때 그렇게 된 것이었습니다. 그래서 한쪽 손에 들고 있었던 마스크를 쓰면서 TV에서 정은경 질병관리청장이 했던 말을 떠올렸습니다.

"실외에서는 다른 사람과 2미터 이상의 거리가 떨어져 있으면 마스크를 쓰지 않아도 됩니다."

오늘은 남들로부터 간섭을 받는 등 운의 흐름이 별로 좋지 않을 것 같습니다. 하지만 그렇다고 그대로 있을 수만은 없는 일입니다. 운의 흐름을 바꿔야지요. 우리는 흔히 안 좋은 상황을 맞을 때 기분전환이라는 표현을 쓰지요. 그것이 바로 운의 흐름을 두고 하는 말이랍니다.

나는 그럴 때 일부러 화장실에 간답니다. 볼 일이 느껴지지 않더라도 가서 큰 것이든 작은 것이든 억지로라도 일을 봅니다. 그러면 마음이 달라지면서 괜찮아지는 것 같답니다. 그것에 어떤 이유나 결과가 있는지 모르지만 예전에 조문 뒤 귀가할 때 누군가로부터 그렇게 하라고 했던 말을 들은 다음부터 좋지 않은 일이 있을 때도 꼭 그렇게 했답니다. 그래서 그랬는지 그런 다음에 좋지 않은 일이 일어난 경우는 없답니다. 그렇게 한다고 손해 볼일도 없으니 그렇게 해보는 것이지요.

제5장

처음부터 다시

존중하는 친구

비를 맞으며 산행을 했기 때문이었는지 온몸이 찌뿌듯했습니다. 코로나가 염려되는 세상이기에 두려움 속에 귀가하자마자 체온을 쟀지요. 36도 정도로 정상임을 확인한 뒤 얼른 씻고 오랜만에 침대에 누웠답니다. 그러자 창밖에 떨어지는 빗소리가 들리는데 그 소리는 마치 심신의 피로를 풀어주는 음악과 같았습니다.

빗소리를 들으며 낮잠에 빠질 즈음 휴대폰이 울리더군요. 낯선 번호였지만 혹시 영어를 배우겠다는 상담 전화일 수도 있기에 얼른 목소리를 가다듬으며 전화를 받아 부드럽게 '네.'라고 응답했습니다. 그랬더니 오랜만이라는 말이 들려왔는데 그 목소리의 주인공은 분명 친구 '유태석'이었답니다.

태석과는 20년도 훨씬 이전에 마지막 만남을 가졌는데 그의 목소리와 말투는 여전히 머리에 남아있었네요. 그는 고등학교에 입학하자마자 가장 친하게 지냈던 친구였답니다. 고교 시절 우리는 교정에서 많은 사진을 함께 찍거나 담임선생님으로부터 영어 과외를 받기도 했었지요. 태석은 아마 20대 후반인가부터 자동차 정비공장을 운영했는데 그의 정비공장은 발전을 거듭하여 크라이슬러 자동차를 전문적으로 수리하는 곳으로도 유명했답니다.

놀라울 만큼 반가웠던 그와의 통화를 마치면서 많은 추억이 떠올랐지요. 그와 그의 아내는 친구들 가운데 유일하게 내 직장이었던 방송사를 찾아왔기에 견학시켜주기도 했는데 그와 처음 가깝게 지냈던 고교입학 때부터 지금까지를 생각해보면 다른 친구들과의 관계와 확연히 달랐답니다.

태석과 나는 서로 저속한 말을 사용하지 않고 긍정적으로 대하며 존중해왔지요. 그는 자기 부모님을 많이 존경했는데 그것이 그에게 본받을 만한 것이었고 그의 아버지가 서울대학교를 졸업한 뒤 국영기업체에서 고위직이라는 것이 부럽기도 했답니다. 그리고 참 묘한 것은 내가 무슨 일을 하면 그가 그 일과 관련된 사람의 지인으로 나타났다는 것이었지요. 어쨌든 무엇 때문인지 몰라도 그와의 그런 추억들을 더듬어 현재에 이르면 나 자신이 그저 작게만 느껴진답니다.

태석의 전화를 받은 뒤 옛 생각을 떠올리다 보니 기분이 좋아지고 한편으로는 나 자신을 둘러보며 약간의 긴장도 느끼게 되어 생활의 자세를 바로잡는 데 도움이 된답니다.

그런데 태석이가 그의 집 근처인 송도 달빛축제공원에서 자전거를 타다 사고를 당해 병원에 입원해 있다고 하더군요. 그래서 당장 찾아가려고 했습니다만 코로나 때문에 병원 방문이 되지 않을 거라기에 안타깝지만 어쩔 수 없이 그가 건강한 모습으로 퇴원하기만을 바라며 전화 통화를 마쳤답니다.

살아오면서 많은 친구를 사귀게 되는데 그 친구들을 어떤 때와 어느 장소에서 만났느냐에 따라 유형이 나눠지기도 합니다. 어린 시절과 청소년기, 사회적 활동에 따른 때와 학교와 군대, 일터와 같은 장소에 따라 친구를 분류할 수 있지요.

결국 친구란 자신의 상황에 따라 만들어지는 것인데 이제 모든 사회적 활동에서 멀어지는 지금쯤엔 새로운 친구를 만나기란 그리 쉽지 않답니다. 그러면서 다만 예전의 친구들과 어울리게 되는데 그 어울림이 종종 서로의 과거지사에 바탕을 두기 때문에 옛 생각에 따라 오해가 생기기도 한답니다.

그래서 아무리 옛날에 바탕을 둔 만남이더라도 인간관계의 기본인 상대를 존중하는 마음을 가져야 하는데 나이가 들면 특히 더 그렇답니다. 그런데 그런 존중이 이미 청소년기부터 몸과 마음에 배어있었던 친구가 바로 태석이었던 것 같습니다. 그와 함께했던 지난날의 추억을 통해 친구의 기본은 서로의 존중에 있다는 것을 실천했던 것이 정말로 좋았고 지금쯤의 나이에 그런 태도가 더욱더 중요하다는 것을 확인하게 되니 꽤나 다행이랍니다.

헌화

　계양산 계성봉의 바위틈에서 초연히 피어있는 마리골드를 발견했습니다. 계성봉의 전면 바위를 넘어 시선을 계양산 정상으로 돌렸을 때 그 꽃이 눈에 들어왔는데 노랑과 빨강으로 조화된 모습이 바위 사이에서 함께 자라고 있는 다른 풀들의 초록 속에 있었기에 더 좋아 보였습니다.

　잠시 그 꽃을 보고 있노라니 태석의 부탁이 생각나더군요.

　"지금도 계양산에 가면 마리골드를 볼 수 있니?"

　"그렇단다, 하지만 교통사고를 당해 수술을 받은 지 며칠이나 됐다고 벌써 산에 오를 생각을 하니?

　정 보고 싶다면 동설이네 농장에 가자. 동설이가 마리골드 꽃차를 생산하기 위해 마리골드를 기른단다. 그리 가보자."

　그런 다음 동설에게 전화했으나 약속이 있어 외출한다고 하기에 마리골드를 보러 갈 기회를 놓치고 말았습니다. 나중에 생각해보니 태석이가 마리골드를 볼 장소가 없어서 병원에서 퇴원하자마자 계양산에 가겠다고 저에게 부탁하지는 않았을 것입니다. 어쩌면 그동안 잠수했듯 살아온 내가 친구들과 어울리려 한다는 것을 알게 되어 나를 얼른 만나 양지로 이끌어내려는 마음에 그랬는지도 모릅니다.

　태석은 친구들과의 모임에 대단한 열정을 가지고 있다고 친구들이 말했답니다. 그는 우리의 모교인 인천 동산고등학교 24회 동기회 회장을 맡기도 했었는데 그때 학교장이었던 동기 김건수 교장과 힘을 합쳐 동기회는 물론 동문회와 야구부의 발전에 크게 기여했으며 특히 후배인 류현진이 LA 다저스에서 활동할 때 LA 구장에 가서 우리와 중학교 동기인 류현진의 아버지 '류재천'을 만나 류현진을 응원하고 사진도 함께 찍었답니다.

태석은 동기회장이었음에도 자신의 주장보다는 오히려 동기들의 의견을 들어주는 마음으로 일했으며 친구들의 장점과 긍정적인 부분만을 주로 말했다고 합니다. 그런 태석이 나에게 가졌던 마음을 몰라주었으니 미안합니다. 이제 나도 태석을 비롯한 모든 친구와 어울리며 재미있게 살아갈 것이랍니다. 그리고 친구들에게 전하고 싶은 말이 있답니다.

"야구를 좋아하는 우리가 하는 말 가운데 '야구의 승부는 끝나야 끝나는 것'이라고 하듯 우리의 인생도 그렇답니다.

어머니 치매를 보며 인생도 끝나야 끝나는 것이지 치매와 같은 병에 걸린다면 유종의 미를 거두지 못하게 됩니다. 그렇게 되지 않도록 항상 건강에 유의해야 합니다."

그리고 태석에게 마리골드를 보냅니다. 신라시대 때 노옹이 수로부인을 위해 절벽에 올라 철쭉을 꺾어다 주며 '헌화가'를 불렀다는 그런 마음으로 전합니다. 다만 그 꽃을 정말로 꺾을 수는 없기에 대신 계양산 계성봉에 초연히 피어있는 그 마리골드를 휴대전화의 카메라로 찍어 보낸답니다.

마음의 빚

마음의 빚을 갚을 수 있는 기회가 찾아왔습니다.

"은혜를 모르는 사람이 어찌 잘될 수 있겠는가?"

하려는 일이 잘되지 않을 때마다 지나온 날들에 있었던 과오를 되돌아보며 나 자신에게 하는 말이었습니다. 그러면서 그럴 때마다 떠오르는 사람이 '모강인'이라는 고등학교 동창생이었답니다.

내가 방송인이었던 시절에 그는 경찰공무원으로 고위직에 있었답니다. 그때 내 동생이 어려운 일에 처했었는데 그 친구에게 부탁하여 동생이 난관에서 벗어날 수 있었지요.

나는 성격상 누구에게도 부탁하거나 받지도 않는데 오죽하면 부탁했을까요. 문제는 그다음이었답니다. 아무리 가까운 사이라도 고마움의 인사는 해야 했었는데 그즈음 나도 방송 일이 바빠지면서 연락하지 못했었지요.

그런데 세월이 참 빠르더군요. 그 친구는 우리나라 각급 주요 도시의 경찰서장을 거쳐 경무관에 이어 대한민국 경찰청 차장과 해양경찰청장이 되었답니다. 그런 소식들을 접할 때마다 마음으로는 축하했지만 미안함도 따라붙었지요.

어쨌든 그 친구가 그렇게 승승장구하는 동안 나는 중국에 진출하려던 계획이 어그러지면서 방송계를 떠나는 등 생활마저 어렵게 되었었답니다. 그리고 약 10년 가까이 몸부림친 결과 새로운 삶을 살아갈 수 있게 되었는데 그때 가장 먼저 떠오른 것이, 사람이 도리를 다해야 편안함이 따라붙는다는 것을 느끼며 그를 만나 과거의 고마움을 표하고 싶어졌지요.

그러면서 그런 마음을 그 친구와 가깝게 지내고 있는 고교 동창 태석에게 전하면서 그와 연락이 된다면 좋겠다고 했지요. 그러자 태석이 강인에게 그런 내 뜻을 알렸더니 자기 전화번호를 알려주면서 연락을 기다린다고 했답니다.

그런 소식을 계양산 계성봉에서 접한 뒤 강인에게 바로 전화했지요. 우리는 서로 반갑게 소식을 주고받으며 빠른 시일 내에 만나기로 했답니다. 이후 계성봉을 내려오는 발걸음은 날아갈 것만 같았습니다.

살아가면서 부탁하는 경우가 생깁니다. 그래서 누군가에게 부탁할 수도 있겠지만 그에 대해 감사하는 마음은 제대로 갖추어 제때 해야 합니다. 감사를 표할 시간이 길어지면 의미가 퇴색되는 것을 넘어 마음의 빚이 된답니다.

좋은 만남

만남은 창조의 첫 단계입니다. 그 만남이 오랜 행복으로 이어질지 불행으로 이어질지 아니면 잠깐의 기쁨이나 슬픔 정도를 맛보게 할지 몰라도 아무튼 만남으로 인해 무엇인가가 만들어지게 됩니다.

많은 사람이 만남에 대해 좋은 결과를 기대하지만 좋지 못한 일들도 일어나게 됩니다. 아마 좋지 못했던 경우는 만나려는 사람이 불순한 의도를 가졌기 때문에 그랬을지도 모르는데 순수하게 가졌던 만남도 계속 함께 지내다 보면 생각지도 못했던 일이 터지면서 고통이 수반되기도 하지요.

고대했던 만남이었든지 우연한 만남이었든지 만남으로 인해 소위 악연이라는 말을 남기며 돌아섰던 적이 더러 있었답니다. 그러다 보니 누군가와의 만남 때마다 심사숙고해지게 됩니다. 그러면서 나이가 더해 갈수록 지금까지 만나지 않고도 잘 살아왔는데 특히 과거의 사람들을 굳이 다시 만나며 살 필요가 있느냐는 생각이 들기도 하지요. 그러던 중 오랜 친구들을 만났답니다.

고등학교 동창들인데 47년 전의 '강인'을 비롯하여 '태석'과 '근성'입니다. 어느덧 모두에게 주어졌던 사회적 지위와 경제력 추구에서 벗어난 60대 중반을 넘어서며 공유하고 있던 추억을 소재로 다시 만났답니다. 그 만남은 우리를 바로 학창 시절로 데려가, 인생이 새로 시작되는 것 같은 기분을 만들어 주었지요.

내가 가졌던 만남에 대한 그동안의 염려와 회피는 소인배의 선입관이었습니다. 우리의 만남은 그동안 사회생활을 하며 가졌던 그런 사람들과의 만남과는 달랐습니다. 격식을 갖추며 탐색하듯 친분을 쌓아가는 과정이 필요한 만남이 아니라 만나는 순간 익숙한 음식을 한 손으로 잡고 그냥 베어 물어 삼키는 것과 같은 그런 만남이었습니다.

시원했습니다. 통쾌했습니다.

동창들을 만나니 그렇게 좋은 걸 어쩜 동창들을 그렇게 의식적으로 만나지 않고 지내올 수 있었는지 나 자신도 놀랐습니다. 그처럼 만나서 어울리고 싶은 마음이 들었던 것은 혹시 나이가 들었기 때문일까요?

그럴지도 모르겠습니다만 어쨌든 만나니 좋았답니다. 나를 제외한 그들끼리는 만남을 지속해왔기 때문에 그들은 나와 같은 감정이 없을지 모르지만, 나에겐 분명 오랜 친구들과의 만남이 신세계에 들어온 것처럼 여겨졌답니다.

좋더군요. 그렇지만 침착함을 유지하려고도 애썼답니다. 왜냐하면 그동안 사회에서 만났던 사람에게 상처받았던 경험이 있기 때문이랍니다.

그들이 아무리 학창 시절 허물없이 지냈던 친구들이었더라도 그들과 만나 어울리는 것에도 어느 정도 그런 자세를 갖출 생각을 했지요. 그러면서 만날 때마다 서로의 입장을 이해해 주고 칭찬과 위로를 주고받으며 살아갈 것이랍니다. 그래야 각자 사회생활을 하며 경험했던 사회적 지위와 상관없이 순수했던 학창 시절로부터 이어지는 마음이 될 수 있다고 생각하기 때문이랍니다.

햄버거 선물

"와, 이 햄버거 미국 맛이 나고 너무 맛있다!"

KBS 제1TV 인간극장 '제시카와 동섭 씨는 달라도 너무 달라'의 마지막 방송 날인 금요일의 내용 가운데 제주도 제시카의 게스트하우스를 찾은 미국에 한 번도 다녀와 본 적이 없다는 숙녀가 '제시카'가 만들어 내온 햄버거를 먹으며 그렇게 말하더군요.

그런데 카메라가 접시 위에 담긴 햄버거를 잡는 순간, 나는 그 햄버거가 제 친구 '태석'이 사다 준 것과 똑같다고 말하며 그 친구를 떠올렸습니다.

며칠 전 고등학교 선배가 영어교습소에 찾아와 함께 외식한 뒤 돌아와 커피를 마시려던 참이었지요. 누군가 슬그머니 문을 열고 들어오기에 교육청에서 코로나 방역 검사 때문에 왔는가 보다 했는데 선배가 그를 먼저 알아보았습니다.

"태석아, 어쩐 일이니?"

그제야 그 친구가 온 것을 알게 되었는데 그는 들어오면서 나에게 큰 봉투를 내밀었습니다.

"햄버거야. 이거 먹으면 아마 다른 햄버거는 못 먹을 정도로 맛있단다. 이따가 집에 가져가서 아내와 함께 먹어봐!"

그의 예상도 못 한 방문과 햄버거 선물에 당황했지요. 하지만 미리

와서 기다리고 있었던 학생의 수업 때문에 이렇다 할 몇 마디 대화도 나눠보지 못하고 그들은 떠나야만 했습니다.

나는 그날 저녁 내 집과 가까운 곳에 사는 분과 약속이 있었답니다. 그래서 퇴근 후 먼저 자동차를 집에 주차해놓고 태석이 준 햄버거를 아내와 함께 먹으려고 했으나 아내가 집에 없었기에 그것을 냉장고에 넣어둔 채 그분 댁으로 갔습니다.

그분을 만나고 있는데 아내로부터 전화가 왔기에 태석이 햄버거를 사 와 냉장고에 넣어두었다며 곧 가겠다고 했지요.

그런데 잠시 후 아내로부터 다시 전화가 왔습니다.

"자기야 고마워, 내 생일이라고 봉투 안에 돈을 넣었네!"

그 말을 듣는 순간 저는 화들짝 놀랐습니다.

"뭐라고? 그거 그냥 놔둬, 태석이 넣었나 본데 돌려줘야 해!"

나는 아내와 전화를 끊은 뒤 태석에게 전화했지만, 그는 받지 않았습니다.

일전에 친구들과 만났을 때 내가 출간한 두 권의 책을 주었더니 축하한다며 축의금을 준다기에 거절했었습니다. 그랬더니 끝내 그런 방법으로 큰돈을 햄버거 봉투에 담아 준 것이었습니다.

다음날 다시 태석에게 전화하여 그 돈에 대해 돌려주겠다고 했습니다.

"그러지 마. 주고 싶어서 그런 거야. 너는 나의 자랑스러운 친구란다!"

그와 전화를 끊고 친구로부터 세상에 처음 겪은 두 가지 경험으로 가슴이 벅찼습니다. 이후 햄버거 소리만 들어도 그 친구가 생각나며 가슴이 뜨거워집니다.

그때 그럴 줄 알았다면 그 돈을 내가 아내에게 주는 생일선물이었던 것처럼 능청을 떨 걸 그랬습니다.

하지만 아내도 돈보다 내게 그런 언행을 하는 친구가 있다는 것을 알게 된 것이 더 기쁜 선물이라고 생각했을 것입니다.

우정의 팔봉산 여행

한일 월드컵이 열렸던 2002년에 전국 산행을 마음먹은 뒤『한국의 100대 명산』이라는 책을 구입하여 첫 산행을 충남 서산에 있는 팔봉산으로 정했답니다.

1994년부터 거의 매일 새벽에 거주지인 인천에 있는 청량산과 문학산, 계양산 등에 올랐는데 그 이유는 1993년 중국에 진출하기 위해 방송사를 떠났지만, 중국진출의 뜻이 계획대로 되지 못하면서 실직과 동시에 경제적 어려움이 찾아왔기 때문이었지요. 당시 차선도색업체에서 노동하면서까지 원하는 일을 하기 위해 온갖 노력을 다했으나 오히려 불상사만 생기는 등 능력의 한계를 느끼면서 심신을 전적으로 산에 맡기며 하늘에 빌기로 했답니다.

그런데도 불운이 떠나지 않자 우리나라 전역의 산에 올라 빌겠다는 마음으로 100대 명산 등정 계획을 세웠는데 팔봉산이 부모님 고향인 서산에 있기에 부모님을 생각하며 팔봉산을 우선으로 놓았답니다. 하지만 원래 산을 좋아했기에 그 이전에 이미 백두산과 한라산, 지리산, 설악산, 속리산 등 많은 산에 올랐던 경험이 있지요.

어쨌든 그렇게 시작된 100대 명산의 등정 계획에 따라 첫 번째로 팔봉산을 찾아 1봉에 있는 바랑 바위를 두 손으로 만지며 사람답게 살 수 있도록 일자리가 생기게 해달라고 정성을 다해 빌었습니다.

그러자 놀랍게도 영어를 가르칠 수 있는 일이 생겼는데 영어를 가르칠 수 있다는 것은 당시 나 자신의 능력을 볼 때 거의 기적 같은 일로서 그것이 팔봉산 1봉의 바랑 바위에 대한 믿음을 절대적으로 갖게 했던 이유가 되었답니다. 그래서 그 이후부터 어떤 소망과 더불어 거의 주말마다 팔봉산만을 찾게 되어 인천과 부천에서 거주하며 10년을 이어오면서 당초 가졌던 한국의 100대 명산 등정 계획은 무산되었고 그에 관한 책도 손에서 멀어지게 되었지요.

팔봉산과의 만남은 많은 변화를 가져다주었습니다. 경제력이 생겼던 것은 물론 건강이 지켜졌고 학생들을 잘 가르치겠다는 일념이 들어차 지금까지 20년 가까이 영어교육을 할 수 있게 되었네요. 그래서 그런 팔봉산에 대한 고마움을 느끼면서 2013년에 『불운을 행운으로 바꿔준 팔봉산』이란 글을 써서 출간했답니다.

2021년 7월의 어느 날 고등학교 동창인 유태석이란 친구로부터 전화가 왔습니다. 비록 코로나19 바이러스의 유행 때문에 사람들과의 만남에 주의를 기울일 때였지만 그와 만남에 심사숙고할 필요는 없었지요. 우리의 만남은 추억을 되살리며 소중한 관계였다는 것을 기억하게 했답니다.

그때 그는 『불운을 행운으로 바꿔준 팔봉산』이란 책을 사서 읽었다며 팔봉산에 가고 싶다고 하더군요. 그래서 우리는 2021년 11월 20일 토요일에 둘이서 팔봉산에 가기로 하면서 아침 6시 30분에 송도에 있는 그의 아파트에서 그를 픽업하여 팔봉산에 오른 뒤 오후 1시쯤에는 돌아오기로 했지요.

그러나 그것은 어림없는 일이었답니다. 안개가 보통이 아니었습니다. 계산동의 집에서부터 그의 송도 집까지 1시간 가까이 걸렸고 또한 거기서부터 팔봉산까지 2시간 정도 걸릴 것으로 예측했었는데 4시간 정도가 소요됐지요. 그래서 원래 팔봉산 등정을 마친 뒤 팔봉산 인근에서 아침 식사를 할 계획이었으나 팔봉산도 안개에 덮여있었기에 안개가 걷히기를 기다릴 겸 먼저 지곡에 있는 양조장에 들렀답니다.

팔봉산에 올 때마다 맛 좋기로 유명한 그곳의 막걸리는 이웃에게 줄 선물이었기에 10병의 막걸리를 산 뒤 다시 팔봉산으로 향했습니다. 그리고 팔봉산의 1봉이 있는 양길리 쪽 주차장에 도착하자마자 아침 식사를 하기 위해 평소 들렀던 주차장에 인접한 '솔바람'이라는 식당에 들어갔지요.

활짝 핀 웃음과 함께 반갑게 맞이해주는 부부의 인사를 받으며 좌석 테이블이 놓인 바닥에 털썩 주저앉았습니다.

"오랜만에 오신 것 같은데 오늘은 육개장을 들어보세요!"

해군 282기라는 사장이 처음으로 추천하는 음식이었습니다.

"지난번에는 육개장이 없었던 것 같은데 추가했나 봐요?"

"아니요, 항상 있었는데 다른 것을 드셨지요."

그의 강력한 추천에 따라 잠시 후 육개장이 등장했습니다.

태석은 숟가락으로 국물부터 맛보더군요.

"와! 이거 맛 좋네요. 저는 육개장을 좋아해서 인천에서 유명하다는 구월동 농수산물 시장 앞에 있는 식당을 자주 찾는데 그곳보다 훨씬 더 맛있습니다."

그의 탄성에 식당 부부의 얼굴에 상기된 표정까지 나타나자 양쪽 모두에게 고마워하며 마음이 붕 뜨게 되었지요.

그 기분으로 우리는 팔봉산 입구의 소나무밭에 퍼져있는 피톤치드를 실컷 맡으며 1봉에 올랐답니다. 그리고 바랑 바위를 만지며 소원을 빌고 사진도 찍었는데 마침 천안에서 왔다는 30대 중반의 연인들이 있었기에 바랑 바위에 대한 전설을 알려주며 한 가지 소원을 빌어보라고 말해주었습니다.

"감사합니다. 하지만 저는 한 가지 소원을 빌지 않을 거예요. 제가 이곳에 왔다는 그 자체가 비는 것이기에 굳이 한 가지를 빌지 않아도 바라는 어떤 것이 채워지면서 모든 것이 조화롭게 잘 될 겁니다."

그 말을 들은 뒤 20년 동안 가졌던 팔봉산 산행이 큰 변화를 맞을 것 같았습니다. 팔봉산에 갔었던 것은 매번 한 가지 소원을 빌기 위해서였지요. 그러다 보니 복이라는 것을 받는 주제에 나 자신이 복을 구분하여 원했었던 것 같았답니다. 사실 한 가지 일이 잘되면 그것이 다른 일에도 영향을 미쳐 모든 일이 잘되어가는 것이 진리이건만 그런 것을 너무 몰랐지요. 앞으로의 팔봉산 등정은 아무 생각 없이도 의미가 있고 즐거울 것입니다.

우리는 이내 2봉을 거쳐 팔봉산의 정상인 3봉에 도달해서 팔봉산 아래 멀리 있는 서해와 항구, 농촌 마을과 산머리 등을 내려다보며 감상했는데 태석이 말하는 소리가 들렸습니다.

"그동안 골프만 하느라고 등산은 싫어하기까지 했는데 이렇게 산에 올라 보니 너무 좋다. 팔봉산을 소개해줘서 고마워!"

그 순간 팔봉산이 말하는 소리도 들리는 듯했습니다.

"나에게 좋은 친구를 소개해 줘서 고맙네!"

친구에게 팔봉산을, 팔봉산에 친구를 소개해주는 보람된 산행을 처음으로 느껴본 것 같아 가슴이 뿌듯해졌답니다.

아직 덜 걷힌 안개와 미세먼지 때문인지 팔봉산 3봉에서 바라본 서해가 또렷하게 보이지는 않았지만, 최상의 기분이 드니 중국까지 보이는 것 같았습니다.

그렇게 등정의 기쁨을 맛본 뒤 우리는 팔봉산 동쪽 산허리를 타고 하산하여 다시 팔봉산 입구로 돌아왔답니다. 입구에는 올라갈 때 만났던 인천 중구 답동 출신의 한순분 아주머니가 직접 농사지은 땅콩과 고구마 등을 팔고 있었습니다.

항상 그랬듯이 무어라도 팔아주려는 마음으로 땅콩이라도 사기 위해 태석에게 땅콩 좋아하냐고 물었지요.

그랬더니 태석은 자기가 사주겠다며 고구마와 땅콩을 주문하기에 나는 집에 고구마가 있다며 그의 것만 사게 한 뒤 땅콩만 두 봉지 사도록 했습니다. 아주머니는 고마움의 뜻으로 비트도 덤으로 주고 고구마도 상자가 터지도록 가득 채워주더군요. 태석의 인정과 아주머니의 인심으로 인해 모두에게 얼굴이 서는 훈훈한 광경이 되었네요.

우리는 이왕 늦은 김에 집으로 곧장 올라가지 않고 서해안을 따라 '삼길포'에 가서 전어 회를 먹기로 했답니다.

팔봉산에서 삼길포에 가려면 대산읍을 지나 대호방조제 쪽으로 향하는데 대산항 다음 길이 삼길포 길이랍니다. 그런데 가는 도중에 태석이 말했습니다.

"오늘 아내 생일이지만 너랑 팔봉산에 가기로 먼저 약속했기 때문에 이리로 온 거야!"

그 말을 듣고 그의 아내에게 미안해서 어찌할 줄 몰랐지요. 그러자 그는 아내가 며느리와 함께 점심을 할 것이고 자신은 저녁을 함께하면 된다고 말하면서 내 마음을 가라앉혀주었습니다. 그때 마침 나의 아내로부터 전화가 왔는데 삼길포로 이동한다고 했더니 꽃게를 사 오면 좋겠다고 하더군요.

그래서 꽃게를 사서 태석의 아내에게 생일선물로 주고 싶다고 생각했습니다. 삼길포에 도착하여 캠핑카들과 텐트가 북적이는 주차장에 주차한 뒤 수산물 판매 건물로 들어갔습니다. 그러면서 그곳에서 꽃게를 사고 전어 회도 먹으려고 했으나 이전에 갔던 판매점에서 철이 다 지난 전어를 찾는다고 면박을 주기에 다른 판매점에서 꽃게만 사고 '장고항' 인근에 있는 식당에서 칼국수를 먹기로 하며 그곳을 떠났습니다.

식당으로 가는 도중 태석이 점심은 자기가 사겠다고 하기에 그러라고 하면서 대호방조제의 긴 길을 따라 달린 뒤 '왜목마을'을 지나 길가에 있는 갯마을 식당에 도착했습니다. 식당 아주머니 모습이 보이지 않더군요. 그 아주머니가 식당 맞은편 고기잡이배 생선판매장에 있을 것으로 추측하며 그곳으로 가보았답니다. 그랬더니 그 아주머니는 그곳에서 갓 잡아들인 잡어들을 분류하고 있었습니다.

태석은 식당으로 향하면서 식당 밖에 있는 수족관 속 우럭을 보더니 우럭 회와 칼국수를 주문했습니다. 그리고 잠시 뒤 엄청 놀라운 일을 경험했답니다.

그 아주머니는 우럭 회가 나오기 전에 배에서 잡아 올린 장어와 학꽁치, 갈치, 전어 등을 구워왔고 새우와 굴, 갑오징어를 데쳐왔으며 꼴뚜기회도 함께 내왔습니다. 그런 것들과 우럭 회를 먹은 뒤 아주머니가 봄 바지락만큼 살이 오른 가을 바지락이 가득한 칼국수를 내오자 그것도 역시 걸신들린 듯 다 먹어 치웠답니다.

태석은 음식값을 계산하면서 그렇게 맛있고 풍성하며 값싼 회는 먹어보지 못했다면서 신용카드를 건네주어 천 원짜리 잔돈은 끊지 말고 만원 단위로 하라고 했습니다.

식당 아주머니의 넉넉한 인심과 태석의 어진 마음이 교차한 인정 넘치는 장면을 목격하고 마음이 따뜻해졌습니다.

우리는 다시 인천으로 향했습니다. 송학 인터체인지를 통해 서해안 고속도로로 올라가야 했는데 차량이 보통 밀리는 것이 아니었답니다. 그 결과 아침에 안개 때문에 늦어졌던 만큼의 시간이 돼서야 집에 도착할 것 같았지요. 아닌 게 아니라 오후 5시쯤에 출발하여 밤 8시 30분이 돼서야 그의 집에 도착할 수 있었답니다.

우리는 아침에 차에서 4시간 정도를 보냈고 귀갓길에도 차에서 3시간 정도를 보냈으며 팔봉산과 식당 등에서 보낸 시간을 모두 합쳐 14시간을 함께 보냈습니다. 그러나 전혀 지루하거나 피곤하지 않았는데 그것은 그 옛날의 추억을 함께 되새기거나 각자 지낸 일들에 관해 관심을 갖고 서로 들어주고 위로해줄 수 있었기 때문이었을 겁니다.

태석과의 팔봉산 등정은 지난 과거와 다가올 미래를 이어주는 현재의 다리가 되었답니다. 그 다리 위에서 우리는 함께하며 과거와 현재와 미래에 대한 많은 것에 대해 교감했습니다. 우리는 비록 젊었을 때만큼 건강하고 패기가 넘치지는 않지만 대신 들어선 지혜와 관대함 그리고 긍정적인 마음으로 앞으로의 삶이 더욱더 풍요로우리라는 것을 확신했지요. 그리고 또한 품위와 인자함으로 멋지게 늙어가기로 했답니다.

태양을 식혀라

참 더운 날입니다. 너무 더워서 그런지 계양산에 오르는 사람들도 그리 많지 않습니다. 아직 숲이 더위에 지쳐 보인다고 표현할 만큼은 아니더라도 머지않아 숲에서 솟아오르는 김을 보게 될 정도로 무덥습니다.

그래도 변함없이 계성봉에 올랐습니다. 그러면서 오늘 해야 할 일들에 대해 생각해보는데 원래 그런 일은 전날 밤에 일기를 쓰면서 했지요. 하지만 이곳 계성봉에 오르는 것이 일상이 되다 보니 이곳에서 하는 것이 더 좋아졌습니다. 그래서 이곳 계성봉은 나의 생활을 짧게 계획하는 장소가 되었답니다.

그런데 산에 오르면서 더위마저 뚫고 오느라고 그랬는지 땀이 운동 때문에 나온 것이 아닌 것처럼 느껴져 오히려 기분이 찝찝해지며 비로 다 씻어내고 싶은 생각에 소나기를 떠올렸습니다.

소나기 하면 황순원 님의 소설 「소나기」가 떠오릅니다.

물론 그 소나기는 결과를 달리 말하는 소나기였지요. 어쨌든 소나기라고 하면 문학적으로 떠오른 소나기가 있었기에 그런 표현을 했는데 그냥 말한다면 '우르르 쾅' 하면서 천둥과 번개가 동반된 세찬 소나기를 말하는 것입니다.

그런 소나기를 맞는다면 몸만 개운해지는 것이 아니라 불편한 마음도 사라질 것입니다. 그래서 뭔가 획기적인 새로운 일이 일어나 생활의 변화도 생길 것 같은 예감마저 듭니다.

코로나 때문에 꼼짝도 못 하는 진퇴양난과 사면초가의 생활이 이어지다 보니 답답합니다. 그런 데다 덥기까지 한데 그렇다고 그에 대한 즉각적인 반응을 한다면 더 안 좋은 일이 일어날 것만 같은 날씨입니다.

무엇보다 마음을 진정시켜야겠습니다.

그런 마음을 갖다 보니 고등학교 시절 오늘처럼 태양이 작열하던 날에 '윤근성'이란 친구가 태양을 향해서 했던 말이 떠오릅니다.

"태양을 물 조리개로 식혀버릴 거야."

근성이 아버지 고 윤윤구 씨는 서점을 운영했지요. 그 당시 인천에서 번화했었던 지역 가운데 두세 번째 정도였었던 배다리 경동 입구 길모퉁이에 '청운서관'이 있었답니다.

인천 대부분의 학생이 그 서점에서 각종 문제집을 구입할 정도로 그 서점은 널리 알려졌답니다. 특히 배다리에는 헌책을 파는 헌책방들이 즐비했는데 학생들이 그 헌책방들도 역시 많이 찾았지만 거기서 헌책을 사기보다는 새 책을 파는 학생들도 많았답니다.

근성은 그의 아버지 서점에서 서적 판매를 돕기도 했었는데 그러면서 책도 많이 읽었기 때문에 그런 표현을 할 수 있었다고 생각됩니다. 그래서 당시 생각으로 그가 나중에 문학인이 될 줄 알았는데 평생을 민중의 지팡이인 경찰로 보내면서 일반 경찰의 꿈인 경감으로 정년퇴직했답니다.

계성봉 나무 그늘에 앉아 그런 옛 생각을 하니 비록 바람이 불어오지 않아도 땀이 말라 기분이 한결 나아진 것 같습니다.

오늘은 출근길에는 배다리 헌책방에 들러서 황순원의 「소나기」를 사야겠습니다. 그리고 또 한 번의 '순수 찾기'를 하렵니다.

첫사랑 모임

계양산 운동 터에서 만난 배원기 씨를 통해 고등학교 시절 가장 친했던 친구들을 다시 만나게 되었답니다. 배원기 씨는 평생 경찰공무원이었으며 내 고등학교 동창 윤근성 역시 경찰공무원이었는데 그들은 경찰 동기였기에 배원기 씨 도움으로 근성과 연락이 닿게 되었던 것이랍니다.

근성과 다른 두 친구는 나를 제외하고 자주 만나왔다는데 놀라운 것은 고등학교 시절 첫사랑들이었던 여자 친구들과도 함께 만나왔다는군요. 그리하여 나도 마침내 우리들의 첫사랑 모임에 참여하게 되었답니다. 우리는 고등학교 3학년 때 4명의 남학생과 3명의 여학생이 함께 만나면서 사랑의 감정을 익혔답니다. 그러나 누구도 당시의 짝과 결혼이라는 것은 이루지 못했고 각자 새로운 짝들을 만나 살아왔지요.

나는 그들을 만나자마자 그들과 달리 새삼스럽게 1974년 19살 학창시절의 모습을 상기하며 오늘의 삶을 얘기했습니다. 아마 그 시절 함께 어울렸던 7명이 모두 모였다면 더 좋았을 텐데 사정상 그렇게뿐이 모이지 못한 것이 아쉬웠지요. 하지만 그런 아쉬움은 나만 느꼈을 겁니다. 그들은 어느 순간부터 만나오기 시작하여 서로의 근황에 관하여 묻고 답하며 모든 궁금증을 이미 싹 털어냈을 테니까요.

어쨌든 그날의 모임은 번개 팅처럼 이루어졌기에 '재홍'과 '명숙'은 다른 선약이 있어서 참석이 어려웠고 '인덕'은 미국에 살고 있기 때문에 연락해도 올 수 없었다는군요. 그래서 그 자리에는 나를 포함해 '근성', '승린', '명순' 등 4명만이 있었답니다.

근성은 경찰을 천직으로 보내며 경감으로 퇴직한 뒤 건물 관리소장을 하고 있으며 승린은 음식업을 운영하다가 새로운 일을 준비하고 있고 '명순'은 이탈리아에서 가죽가방 사업을 하며 양국을 오가는 생활을 하고 있는데 코로나 때문에 출국을 못 하고 있답니다. 다른 친구들의 경우 미국에서 식당업을 하거나 국내에서 캠프장 운영, 유흥업을 하는 등 아직도 현업에 매진하고 있는데 그들은 모두 2021년에 나와 다시 만남을 시작하는 오랜 친구들로서 모두 건강하게 잘 살아왔고 또 잘 살아가고 있으니 보고 듣기 참 좋았답니다.

명순이 잠시 화장실에 간 사이에 근성이 말했지요.

"우리가 첫사랑들과 이 나이에 이렇게 만날 수 있는 것은 무슨 일이 없었기 때문이야."

맞습니다. 우리는 그 시절에 함께 어울리며 항상 서로를 지켜주었답니다. 그런데 지금 와서 보니 결국 각자 자신들을 지켰던 꼴이 된 것이었네요. 그래서 우리는 허물없이 만나서 즐겁게 옛이야기를 나누며 앞으로도 자주 만나 노년의 건강과 행복을 지키자는 다짐도 할 수 있었답니다.

얼른 코로나로부터 해방되어 일곱 잘 익은 60대 청춘들이 한자리에 모일 수 있기를 고대합니다.

치매 관리

　강한 에너지가 느껴지는 동기 부여가 있었습니다. 토익을 준비하는 분이 있는데 그녀는 건강보험공단에 근무하면서 대학에서 박사과정을 진행하고 있답니다.

　그런데 그녀가 영어로 이루어진 36쪽 분량의 '치매' 관련 지침을 가져와 그것을 번역하며 토익도 함께 익히기로 했지요. 치매를 앓는 어머니가 있는 나로서는 그녀를 만나 어머니 치매 관리를 위한 얘기를 듣는 것이 큰 도움이 된답니다.

　나는 어머니 치매와 관련한 책을 내면서 다른 서적을 읽거나 다른 사람들의 경험을 들으면서 치매가 인간의 가장 큰 비극적 종말이라는 것을 통감할 수 있었지요. 그러면서 인간은 그런 비극적 마무리를 서로 도와주며 살아가는 동물이라는 것과 직접 그런 도움을 주는 사람들이 숭고한 삶을 사는 것으로 생각하게 되었답니다.

　그래서 나도 그런 일을 한다든지 도움을 주고 싶다는 계획을 세우고 있었는데 박동자 씨가 그런 분야에 관심을 두고 스스로 연구하는 일을 하고 있으니 그분에게 존경하는 마음도 일어난답니다. 그리고 그분이 그런 지침을 가져와 그것으로 영어를 익히고 번역하면서 치매 관리에 대해 더 깊이 알게 될 것 같아 얼마나 좋은지 모릅니다.

　부디 그 지침을 번역하여 치매 관리에 대해 더 앞선 나라들의 경험을 알게 되는 계기가 되고 박동자 씨가 박사학위를 취득할 수 있게 되기를 바랍니다. 그러면서 인간이 치매에서 벗어날 수 있게 되는 날까지 그 연구가 치매 환자가 인간적인 삶을 살아가도록 하는 데 큰 도움이 되기를 바란답니다. 그렇게 되려면 가족 등의 주변 사람들부터 치매 환자를 인간적으로 대하려는 자세와 희생도 필요할 것입니다.

박동자 씨를 만나면서 영어를 익혀주는 일에 더 큰 보람을 느끼게 되었습니다. 그러면서 어떤 불꽃 같은 것이 가슴과 머리에서 신선한 자극으로 나타나 그것이 어머니를 향한 에너지로 바뀌는 것 같답니다.

그 에너지가 제발 어머니를 비롯한 세상의 모든 치매 환자에게 작용하여 주변의 모든 사람으로부터 관심과 돌봄을 받으며 안전하게 생활하는 데 도움이 되기를 소망합니다. 그리고 박동자 씨도 치매 관리에 대한 지속적인 연구와 실행으로 그녀의 일이 금자탑이 된다면 좋겠습니다.

엄마 아들

'엄마 아들 이제 헌혈할 수 있을 만큼 컸네!'

지인들에게 메시지를 보내기 위해 휴대전화의 카카오톡에 들어갔다가 우연히 '새로운 친구를 만나보세요!' 페이지를 열게 되었답니다. 그러면서 '추천 친구의 이름'이라는 글자 앞쪽의 이미지에 '헌혈증서'를 찍은 사진을 배경으로 그 앞에 '조정현'이라는 이름과 그런 글이 적혀 있는 것을 보게 되었지요.

정현이가 고등학교 2학년 때의 일이었는데 지금은 3학년이 되었네요.

당시 정현이가 수업을 시작할 때 했던 말이 있었어요.

"선생님, 저 오늘 학교에서 헌혈했어요."

그는 그러면서 받아온 선물도 보여주더군요. 그래서 칭찬과 함께 나는 한 번도 헌혈해보지 못했다며 지금이라도 할 수 있다면 해 보겠다는 말도 해주었답니다.

어떤 부모님이나 자식에 관한 관심은 똑같겠지만 내 경우를 보았을 때 표현은 어머니가 아버지보다 더 많았다는 것으로 알았었지요. 그러나 정현 부모님의 경우 아버지가 자주 정현에게 전화했기에 정현 아버지가 더 많은 관심이 있는 것으로 생각했답니다.

단순히 그렇게만 생각했던 나는 정현 어머니의 그 표현을 본 뒤 정현 어머니의 정현에 관한 관심이 역시 여성스럽다고 느끼면서 평소 정현 어머니가 정현을 많이 믿어주며 항상 긍정적인 힘을 불어넣고 있다는 것을 인지하게 되었지요.

정현은 어려서부터 책을 많이 읽어 여러 분야에 대한 상식과 지식이 많습니다. 특히 중학교 3학년 때는 국사에 관한 관심을 가지면서 스스로 '한국사능력검정시험 1급'에 도전하여 합격하기까지 했답니다. 정현이가 영어는 물론 다른 과목도 모두 잘하고 모범적인 생활을 하는 것은 모두 부모님의 사랑이 넘치는 화목한 가정 분위기 덕분일 겁니다.

비록 코로나로 인한 어려움이 정현의 부모님 일에도 찾아왔지만, 부모님은 오직 정현의 미래를 위해 견뎌낸다고 합니다. 정현 어머니는 한자와 중국어 학습지 교사로 활동하고 있으며 아버지는 전기공사업을 하고 있답니다.

코로나로 어려운 경제 여건에도 불구하고 정현 어머니는 스승의 날 등이 되면 선물을 보내주셨답니다. 그리고 정현 아버지는 청와대 전기공사를 하면서 청와대 방문 기념 손목시계를 전해주셨는데 의외의 선물에 당황스러울 정도였지요.

정현은 초등학교 2학년이 되면서부터 나와 영어를 익히기 시작하여 고등학교 3학년이 되었으니 어느덧 10년이 지났고 올해에 대학에 입학하면서 떠나게 된답니다.

정현은 원래 대학에서 미디어를 공부하고 싶고 직업도 미디어 분야를 원한다고 했었는데 2학년 여름방학 동안 인천의 고등학생을 대상으로 인천여자상업고등학교에서 개설했었던 마케팅을 수강한 뒤 대학에서 경영학을 공부하고 싶다고 했습니다. 정현의 인성을 보면 그

분야가 잘 어울릴 것 같고 지금의 학업 상황을 볼 때 대학 진학이나 취업에도 전혀 문제가 없을 겁니다.

지금의 정현은 헌혈 한번 못해본 나보다도 백배는 뛰어난 학생입니다. 아니 학생이라고 국한하기보다는 사람이라고 표현할 정도로 많은 것을 갖추었다 해도 과언이 아닙니다.

스스로 모든 것을 잘 해내는 정현이와 함께 지내고 있는 것이 나에게는 행운이자 영광입니다.

정현과 부모님 그리고 정현의 친가와 외가 등 모든 친척에게도 건강과 행복이 함께 하기를 기원하면서 나도 정현이에게 동기를 부여받았으니 더 늦기 전에 헌혈해야겠습니다.

휴대전화

"수업시간 됐으니 휴대폰 치우렴!"

"잠깐만요. 1분만 있으면 끝나요."

수업이 시작될 때까지 기다리는 동안 휴대폰 게임 삼매경에 빠져있던 초등학교 4학년 학생이 했던 말입니다.

그것이 새롭게 변화된 풍경이지요. 언제부터였는지 확실히 기억할 수 없지만, 학생들이 수업 시간 전에 와서 서로 장난치며 기운을 다 빼서 정작 수업 시간에는 집중하지 못하는 경우가 있었답니다. 그런데 휴대전화 게임이 생기고 나서부터 그렇게 달라진 것이랍니다. 어찌 보면 그렇게 하는 것이 다른 학생들의 수업을 방해하지 않는 등 더 좋다고 말할 수 있을지도 모르겠습니다.

영어를 가르쳐온 20년 가까이 특히 휴대전화로 인해 찾아온 생활의 변화는 정말로 빠르고 크게 이루어진 것 같습니다. 전철을 타고 출퇴근 하다 보면 자리에 앉아있거나 서 있는 대부분의 사람이 휴대전화를 눈앞에 두고 마치 홀려 있는 것같아요. 그런 모습은 길을 걷거나 산에 오른 사람들을 통해서도 쉽게 보이는 상황이랍니다.

오래전 일이지만 대학 다닐 때 전철의 자리에 앉아있는 승객들이 책 또는 신문을 읽거나 졸곤 했었는데 바뀌어도 보통 바뀐 것이 아닙니다. 이젠 언제 어디서나 일하기 위해 휴대폰으로 인터넷을 검색하여 정보를 알아내거나 휴식을 위해서라도 휴대전화가 필요한 지경이 된 것 같답니다.

나의 경우, 어쩌다 집에 휴대전화를 두고 출근한 날이면 어디서 연락이 오지 않았는지 퇴근하여 휴대폰을 다시 손에 쥘 때까지 궁금하고 답답하기 그지없었지요. 더구나 휴대전화의 카톡을 통해 이처럼 글을 쓰기 때문에 순간순간 떠오르는 아이디어 등을 음성이나 문자로 남겨 놓을 수 없게 되어 일에 집중이 잘 안되고 불안하기까지 했답니다.

휴대전화가 생활에 참으로 엄청나게 영향을 미치고 있지요. 휴대전화에 사람의 모든 것이 담겨 있을 정도로 사람을 대신하기 때문이랍니다. 앞으로도 더 많은 기능의 변화와 발전이 이어지겠지만 내 생각에 우리 모두의 생활은 물론 직업도 휴대전화와 관계되어 이루어질 것 같습니다. 휴대전화에 모든 것이 담기기 때문에 휴대전화가 개인의 존재를 대신하고 휴대전화로 일을 만들고 처리할 수 있게 될 것입니다.

그리하여 휴대전화 콘텐츠의 지속적인 발달과 함께 더 많은 일이 생기게 되면서 휴대전화기 자체도 진화하겠지요. 그러면서 전화기를 소지하기 위한 각종 주변 소품들도 개발될 것입니다.

사람이 살아가기 위해 음식과 주택, 의류 등 여러 제품을 발전시켜 그것들과 관련된 일들을 하며 삶을 꾸려 나가는 것처럼 휴대전화가 사람이 되는 꼴이니 결국 휴대전화를 위한 각종 일을 하는 세상이 이루어질 것 같습니다. 그러니 지금, 이 순간에도 휴대전화를 사용하는 데 도움이 될 물품을 개발한다면 틀림없이 대박이 될 것이라는 예감이 듭니다. 휴대전화와 관련하여 그 밖에 또 무엇이 있는지 항상

생각해보는 습관을 갖는다면 어떤 아이디어가 떠오를 테고 그것이
사업이 된다면 인생이 바뀔지도 모릅니다.

아메리카노

'커피 한 잔을 시켜놓고 그대 올 때를 기다려봐도'

'펄씨스터즈'가 불렀던 '커피 한잔'이라는 노래의 가사지요.

1970년대 인천의 중심지였던 동인천역에서부터 답동 사거리까지 뻗은 도로 주변엔 다방이 많이 있었는데 그곳에서 친구들을 만나기 위해 커피 한 잔을 시켜놓고 시간 가는 줄 모르고 지냈답니다.

그때 마셨던 커피는 무조건 크림과 설탕을 달달할 정도까지 넣었던 것으로 진짜 커피의 맛은 거의 찾아볼 수 없을 정도였지요. 그랬던 커피가 요즘엔 과거 커피 가루만을 물에 타서 마셨던 '블랙커피'와 비슷한 '아메리카노'를 비롯한 다양한 종류로 제공되고 있답니다.

커피는 에티오피아에서 염소들이 커피나무의 열매를 먹고 춤을 추듯 활발하게 활동하는 것에 놀라 커피나무에 귀신이 붙었다며 태우면서부터 시작되었다는군요. 커피나무의 열매를 불에 태우자 향이 너무 좋아 목동이 직접 먹었더니 에너지가 솟구치는 것을 느꼈고 그것을 알게 된 이탈리아 사람이 커피 원두를 태운 뒤 물에 타서 마시기 시작했답니다.

'아메리카노'란 이탈리아에서 붙인 이름이라고 하네요. 이탈리아에서 커피가 유행했었을 때 커피를 볶아서 간 가루에 뜨거운 물을 고압으로 통과시켜 뽑아낸 원액을 가리켜 '에스프레소'라고 했는데 영어로 'express, 신속한'을 뜻한답니다.

그런 에스프레소가 이탈리아를 상대로 미국 등 연합국이 치렀던 제2차 세계대전 때 미군들이 커피 원액에 물을 타서 마시는 것을 보고 이탈리아 사람들이 '아메리카노'라고 부르면서 그렇게 이름이 대중화 되었다고 하네요.

커피는 유럽과 미국 등지에 널리 퍼진 뒤 우리나라에는 미국에 유학했던 유길준이 유럽을 순방하며 1890년에 쓴 책인 『서유견문』을 통해 처음으로 소개되었답니다.

그랬던 커피의 우리나라 매출이 세계에서 6위를 기록할 정도라고 하는데 우리나라 사람 전체가 하루에 한 잔 정도 마시는 꼴이라고 하는군요. 하기야 나도 하루에 5잔 정도 마시니까 커피 소비가 많다는 것이 이해됩니다.

그런데 커피가 치매와 당뇨, 간암 등에 효과가 있다는 의학 연구 결과도 있는데 당뇨를 앓고 있는 '유태석'이란 친구의 아들이 커피 사업을 하는 이유가 아버지를 위해선지도 모르겠네요.

그 친구의 아들은 대학에서 법학을 전공했으나 커피 사업에 뛰어들어 파주에서 커피 로스팅 공장을 운영하며 이태원 해방촌 신흥시장 내에 판매장도 열어놓고 있답니다.

일전에 직접 매장에 다녀왔었는데 집에서 전자동 커피머신을 이용하여 커피를 마시기 때문에 로스팅 원두가 필요했고 또한 서울에 갈 일이 있었기에 들러보았던 것이었지요.

'오랑오랑'이라는 이름으로 매장이 요즘 젊은이들의 트렌드인지 오래된 건물에 인테리어 없이 흔히 네이키드 상태였는데 그것이 오히려 친숙하고 편하게 느껴졌답니다. 어쩌면 커피라는 음료가 커피콩을 로스팅하여 간 가루로부터 직접 추출하기 때문에, 마치 모든 것이 들여다보이는 것과 같은 특징에 따라, 커피를 마시는 장소도 화려한 실내장식을 갖춘 곳이기보다는 오히려 네이키드 형식이 더 잘 어울린다는 생각이 들었습니다.

사실 아내도 오래전부터 그런 사업을 해보고 싶다고 했지요. 그래서 그 사업을 알아보겠다는 생각도 갖고 갔는데 젊은이들이 에티오피아의 염소들만큼 열정적 에너지를 뿜으며 일하는 것을 보고 어렵겠다는 결정을 내리고 종지부를 찍게 되었네요. 대신 친구 아들의 사업이 우리 부부가 가졌던 소망까지 더해져 더 크게 성공하기만을 빌어주었답니다.

일심동체

5월이 시작되던 어느 토요일에 공군에서 군 생활을 함께했던 양동호와 문홍주 씨를 계양산 입구에서 만나 계양문화회관 쪽의 가파른 등산로를 이용해 정상에까지 다녀왔답니다.

그런 다음 계산역 근처에 있는 통닭집에서 시원한 호프를 마시는 가운데 양동호 씨가 자기 아내에 대하여 말했습니다.

"재수 없어!"

양동호 씨는 군 복무를 마치자마자 자동차 정비업을 시작하여 그 분야에서 성취한 것이 상당하며 그 업을 자기 아들에게 물려준 꽤나 건실한 자영업자이자 한 가정의 가장이랍니다.

그런데 그가 그 분야에서 나름 좋은 결과를 만들어 낸 것은 아내의 내조가 있었기 때문이라고 합니다. 그의 아내는 그에게 시집온 뒤 시할머니와 시부모님 그리고 세 명의 시동생과 함께 한집에서 살았답니다. 또한 그렇게 살아가면서 태어난 그들의 아들과 딸도 있었지요.

이 얘기를 듣고 예전엔 다 그렇게 살았다고 말하겠지만 그의 아내는 할머니 병시중에 이어 시부모 병시중, 시동생들의 학업과 결혼 뒷바라지 등 모두를 거의 완벽하게 해냈답니다. 그래서 그는 그에 대한 고마움의 표시로 몇 년 전 현대자동차에서 '제너시스' 승용차가 생산되었을 때 부천에서 제1호로 구입하여 아내에게 선물했다는군요. 그랬음에도 그는 자기의 아내가 엄청 섭섭해 했던 감정을 풀어주어야 한다고 했습니다.

양동호 씨에게는 친척들도 좀 있는 편이랍니다. 하지만 어느 친척도 그들의 생활에 도움을 주지 않았다는데 그의 부모님이 병상에 있었을 때 어쩌다 찾아오면 환자를 제대로 돌보지 않는다는 등 꾸짖기만 하여 그는 물론 그의 아내를 무척 섭섭하게 만들어 놓았답니다.

그래도 그들은 그 집안의 장손이자 며느리이기에 다 받아 넘겼는데 부모님이 돌아가신 뒤 모시는 제사에서의 참견은 도저히 참을 수가 없었답니다. 양동호 씨 부부는 부모님 제사를 모시며 평상시 연락을 주지 않던 친척에게도 알렸답니다. 그리고 모든 제사용품을 마련하여 제사상을 차렸는데 그때 빈손으로 나타난 한 친척이 한다는 말이 부모님이 무엇을 좋아하셨는데 왜 그것을 올리지 않았느냐는 등 '감 놔라 배 놔라' 하며 핀잔을 주더랍니다.

그러자 그의 아내는 혼잣말로 양동호 씨만 들을 수 있도록 "재수 없어."라고 말했지만, 그는 그 말을 못 들은 척하면서 다만 그 친척에게 사과하며 제사를 지냈다는군요.

하지만 지금 생각하니 아내에게 미안한데 이전엔 그런 생각조차도 못 했답니다. 그는 그저 돈이나 잘 벌어다 주고 그의 아내는 집안 일에 묻혀 지내다 보니 서로를 이해해 주지 못하고 부부 사이의 기본적 관계까지 잊고 살아왔답니다. 그래서 그럴듯한 분위기를 만들어 아내 앞에서 지난날을 반성하며 사랑한다는 말을 꼭 해주고 싶답니다. 그의 아내는 그에게 시집와서 아들딸 낳아주고 모든 집안일을 맡아 하며 가문을 일으킬 정도로 희생하면서 이제 60대 중반의 나이가 되었습니다. 그리고 어느덧 아들과 딸도 40세 전후가 되면서 딸을 시집보내 외손녀까지 보았는데 정작 둘은 남남처럼 지내는 것 같아 자신이 잘못했다는 것을 깨달았답니다.

그런데 그보다 먼저 해주고 싶은 말이 있답니다. 그동안 아내가 자신에게 친척들의 불만을 말했어도 전혀 맞장구쳐주지 않아 섭섭했을 텐데 이젠 자신이 먼저 나서서 말할 것이랍니다. 그래서 부모님 제삿날에 아내를 속상하게 했던 친척 어른에게 '재수 없어.'라고 말할 것이라고 했는데 그 사람에게 직접 하는 것이 아니라 아내 앞에서 아내 편을 들어주며 할 것이랍니다.

부부는 일심동체라는데 그들은 함께 "재수 없어."를 외치며 비로소 일심동체가 되겠네요.

천천히

　아침 일찍 양동호 씨가 영어를 사용하는 외국인들이 퀴즈를 풀어
내는 내용의 동영상을 카톡으로 보내왔습니다.

　한 가족으로 보이는 3명의 성인 앞 테이블 위에 펜 모음이 있답니
다. 하나와 두 개, 세 개, 네 개씩의 모음인데 각각의 모음 사이에 하
나의 펜이 들어갈 만큼의 간격을 두고 옆으로 늘어놓았습니다. 그러
면서 그들 가운데 있는 오직 하나의 펜만을 옮겨서 역으로 펜이 하
나, 둘, 셋, 네 개의 모음이 되도록 하는 것입니다. 물론 이 퀴즈를 낸
사람은 영어로 설명합니다.

　나는 이 퀴즈 동영상을 본 뒤에 내가 메시지를 보내는 200여 명에
게 보냈지요. 그리고 평소 늘 그랬듯이 그들이 어떤 답변을 줄 것인
지 궁금해하며 기다렸답니다. 그런데 답변은 딱 한 사람으로부터만
왔기에 저녁때쯤 가까운 몇몇 젊은 성인들과 학생들에게 그 퀴즈에
대해 전화로 물어보았지요. 그랬더니 그들은 답을 맞히겠다는 생각
이전에 내용이 영어라서 싫었다거나 이해할 수 없었으며 또한 동영상
시간이 너무 긴 것 같아 보는 도중에 그만두었다고 했습니다.

　그리고 그날 늦은 시간에 평소 존경하는 78세의 이두범 씨를 만나
기로 했었기에 그의 집에 갔습니다. 그러면서 기왕 만난 김에 그 퀴
즈 동영상을 보았냐고 물었답니다.

"3분 정도의 동영상을 천천히 끝까지 다 보니 내용과 답을 완벽히 이해하겠고 영어로 하는 말조차 알아듣겠더군요."

그의 말을 듣고 먼저 대답했던 젊은 성인들과 학생들을 비교하게 되면서 대부분의 어리고 젊은 사람들의 결정은 성급하다는 것을 알게 되었습니다.

그와 헤어진 뒤 집에 가기 위해 그동안 자동차만을 타고 지났던 길을 걷게 되자 주변 식당 안이 훤히 들여다보이더군요. 코로나 4단계라서 그런지 테이블마다 둘만이 앉아있는데 몹시 즐거워하는 표정이 마치 슬로비디오처럼 천천히 다가왔습니다. 그때 친구 태석의 말이 떠올랐답니다.

"자전거만 타고 달렸던 달빛축제공원 길을 천천히 걸었더니 그동안 보지 못했던 꽃들을 볼 수 있어서 좋았단다."

'천천히'.

'천천히'라는 말은 어떤 생각이나 행동을 하면서 집중이나 주의가 필요할 때 쓰기도 하지만 빠르지 못할 때 목표에 차츰차츰 도달하기 위해 사용하기도 합니다.

십수 년 전에 나에게 영어를 배웠던 중학생 가운데 친구들로부터 형광등이라며 놀림을 받던 학생이 있었답니다. 그는 실제로 생각을 오래 하고 행동도 굼떴지요. 그래서 그 학생에게 기회를 주기 위해 '천천히' 생각해서 대답해도 된다며 참여를 유도했지만 결국 그 학생은 떠나가고 말았답니다. 그때도 지금의 코로나 상황처럼 단지 몇 명만 가르치는 규제가 있었다면 그 학생을 기다려주며 좀 더 많이 이해할 수 있도록 도와줄 수 있었을 것입니다. 하지만 당시에는 함께 수업하는 학생들이 많아서 그렇게 해줄 수가 없었지요.

우리는 사람의 생각이나 행동을 '빠르게'와 '느리게'로 묘사하면서 그에 관한 결과에 따라 사람의 능력을 평가합니다. 그러면서 '빠른'이 환영받고 '느린'은 멸시받기도 하는데 그것은 태어나면서부터 성장발육이나 학교 교육, 사회생활 등에서 빠름만을 강조했기 때문일 것입니다.

사람의 어떤 일에 대한 반응과 처리의 속도는 사람의 심리와 신체적 능력에 따라 다를 수 있는데도 빠른 사람만을 찾으며 사람을 빠른 지향의 획일화로 만듭니다. 그로 인해 그러지 못한 사람의 운신은 줄어들고 말겠지요.

이제 나도 나이가 들어가면서 모든 일에 '천천히'가 더 적합하다는 것을 체감하고 있답니다. 어쩌면 영어 퀴즈를 이해했던 이두범 씨도 자신이 '천천히'라는 페이스에 맞추어야 한다는 것에 이미 길들여있었기에 퀴즈를 풀 수 있었던 것같고 제 친구는 교통사고 때문에 행동을 '천천히'에 맞추면서 그동안 보지 못했던 꽃들을 볼 수 있었다고 했지만 역시 나이에 따라 느려진 것이라는 생각도 든답니다.

나이가 들어 느려지면 생각과 행동에 있어서 젊었을 때보다 실수를 덜 하게 된답니다. 그것은 천천히 보고 듣고 생각한 뒤 판단하여 말하고 행동하기 때문일 것입니다.

'천천히'라는 단어를 떠올리게 되면서 느려서 다른 학생들과의 수업에 어울리지 못했던 학생을 기억했습니다. 그러면서 그 학생을 도와주지 못했던 것을 후회했습니다.

사람은 누구나 살아가면서 재미를 느낄 수 있어야 합니다만 빠른 위주의 경쟁사회에서 느린 사람은 제외되는 경우가 많습니다. 하지만 적어도 나이 드신 분들이나 장애인들이 젊은이들만큼 생각이나 행동이 빠르지 못하기에 그분들에게 '천천히'라는 말을 사용하며 이해해 주듯 가능하면 느린 사람에게도 아량을 보여 모두가 함께 즐기는 세상이 되어야 할 것입니다.

수리산에서

경기도 안양시에 있는 수리산에 올랐습니다. 40년 전에 생겼던 친구에 대한 미안함 때문이었답니다.

수리산에 가게 된 것은 일전에 대학 동창 신동병의 막내아들 결혼식 때 안양에 사는 동창 김대수와 수리산에 관한 얘기를 나누었던 것이 동기가 되었는데 내가 40년 전에 대수에게 가졌던 미안한 마음도 산에서 직접 전하고 싶어서였지요.

그래서 일요일 아침 9시 30분에 수리산 입구에 있는 현충탑에서 대수와 희석과 만나기로 하여 제가 사는 계양산 인근의 계산역에서 전철을 타려고 걸어 내려갔습니다. 그러자 반대로 계양산으로 올라오는 등산객들과 마주치게 되니 묘한 기분이 들었고 또한 매일 계양산만 오르다 다른 산에 간다는 것에 작은 설렘도 일었답니다.

대수는 군 제대 후 복학하여 대학생의 신분으로 소박한 결혼식을 올리게 되었는데 나는 그의 결혼식을 위해 사진기를 준비하기로 했고 사회까지 보기로 했답니다. 그런데 결혼식 날 아침에 서두르다 보니 사진기도 없이 전철을 타고 서울의 결혼식장에 가게 되었지요. 그러면서 당황했었지만 다른 누군가 가져올 것이라며 스스로 위로했는데 불행하게도 어느 누구도 사진기를 가져오지 않아 사진이 없는 결혼식이 되고 말았답니다. 그 결과 마음이 편치 않아서였는지 그들이 예식을 끝낸 뒤 시외버스를 타고 신혼여행을 떠날 때 그 버스 기사의 불친절에 제가 항의하는 바람에 그들의 기분을 망쳐놓기까지 했답니다. 그런 어이없었던 일들이 그와 그의 아내에게 큰 미안함이 되었는데 40년 동안이나 그것을 그저 마음에 담고 살아오기만 했지요.

우리는 수리산 현충탑에서 만나기로 했으나 내가 전철 환승에 틈이 생기면서 조금 늦게 되자 차를 가져왔던 대수가 희석과 함께 차를 타고 안양역으로 와서 나를 태운 뒤 수리산 주차장까지 올라갔습니다.

한 시간 반 정도에 걸쳐 수리산 태을봉까지 오르면서 학창 시절의 추억과 각자 살아온 인생담을 펼쳤답니다. 그러면서 자연스럽게 나온 그의 결혼식과 관련되어 생겼던 일에 대해 미안함도 전했지요. 그러나 결혼식 사진이 없다는 것은 생각했던 것과 달리 영원히 지워질 수 없었습니다. 굴레도 그런 굴레가 없을 것 같더군요.

그런데 그 이전에 미안했던 일이 또 있었답니다. 경북 상주가 고향인 그는 자기 집 앞 산에 주렁주렁 달린 감나무의 감을 수확하기 위해 자기 집에 몇몇 친구들을 데리고 갔었답니다. 그가 모든 비용을 들였는데 그런 것을 처음 해보는 나와 친구들은 감을 많이 따야만 한다는 생각으로 그저 감나무에 올라가 나무를 흔들었지요. 그 결과 감이 땅바닥에 떨어져 뭉개지는 바람에 한 해 곶감 농사를 망쳐버리고 말았답니다.

어쨌든 우리는 그런 이야기들까지 모두 털어내 수리산에 내려놓은 뒤 중앙시장에서 유명하다는 식당으로 자리를 옮겨 순댓국을 먹고 막걸리도 마신 뒤 헤어졌지요.

희석과 나는 전철을 타고 구로역까지 와서 내가 인천 가는 전철로 갈아타야 했기 때문에 그곳에서 헤어졌답니다.

혼자 집으로 돌아오는 동안 대수가 말해준 그의 생활에 대해 생각했습니다. 그는 대학 재학 중 취득했던 소방설비기사 자격증을 어느 회사에 빌려주었으나 내무부의 점검단속에 걸려 자격증이 취소될 지경에 이르렀었답니다. 그러나 졸업 후 그 회사에 취업하기로 되어있다고 핑계를 대면서 위기를 넘길 수 있었는데 그만 그 말이 씨가 되어 졸업 후 그 회사에 취업하여 대표이사까지 지내는 등 평생을 그 회사에서 보냈답니다. 지금도 사장 자리를 후배에게 물려주고 그 회사에서 직원 신분으로 일하고 있는 그는 자격증 취득을 위해 공부하는 것이 취미라고 합니다.

그가 따놓은 자격증은 공인중개사를 비롯하여 농산물과 수산물관리사, 경매사 등 여러 종류가 있는데 소방시설관리사 시험도 준비하고 있답니다. 성실함의 대표인 대수가 내 친구라서 영광이며 그런 친구를 만날 수 있도록 다리가 되어준 내 인생 최고의 동국대학교에 감사드립니다.

심장이 좋지 않아 가슴 개복수술까지 받았던 그에겐 두 자녀가 있답니다. 그들은 모두 출가하여 각자 가정을 꾸렸지만, 아들은 결혼식을 못 하고 살림부터 시작하여 아이를 낳았답니다. 결혼식을 잡아놓았으나 사돈댁에 우환이 생겨 미뤘다가 또다시 코로나 때문에 미뤘다는데 코로나 상황이 해제되는 가을에 꼭 결혼식을 올릴 것이라고 하는군요.

그의 아들이 결혼하는 날 나는 그의 아들은 물론 그의 부부를 크게 축복할 수 있는 기회로 삼을 겁니다. 그리고 비록 휴대전화 사진기로라도 영원히 남길 수 있는 사진을 찍어 내 마음속에 있었던 그들에 대한 미안함 대신 걸어둘 것이랍니다.

누리호

　파란 하늘 아래 있는 계양산 정상의 철탑을 오래도록 쳐다보았습니다. 어떤 이들은 그 철탑을 파리의 에펠탑에 비유하기도 하는데 어제 이후로 저에겐 그것이 로켓처럼 보였답니다.

　10월 21일 오후 5시에 전남 고흥군에 있는 나로 우주센터에서 한국형 발사체 누리호(KSLV-II)가 발사되었습니다. 누리호는 목표 고도였던 700㎞에는 도달했으나 탑재체인 '더미 위성'(모사체 위성)을 궤도에 올려놓는 데는 실패했다는군요.

　임혜숙 과학기술정보통신부 장관의 발표에 따르면, 위성 모사체가 700㎞의 고도 목표에는 도달했으나 모사체가 초당 7.5㎞인 목표 속도에는 미치지 못해 지구 저궤도에 안착하지 못했답니다. 하지만 누리호 1단부는 75t급 엔진 4기가 클러스터링(묶음) 돼 300급의 추력을 내는 게 핵심 기술이라며 이날 발사를 통해 1단부 비행이 정상적으로 진행됐고 또한 1단, 페어링(발사체 내 탑재물을 보호하는 덮개), 2단의 분리와 3단이 성공적으로 점화된 것은 소기의 성과라며 국내의 발사체 기술력이 상당 수준으로 축적됐음을 보여주는 결과라고 평가했습니다.

　나는 누리호가 발사되는 과정을 휴대전화기로 보았답니다. 마침 그 시간엔 수업이 없었기에 가능했는데 발사과정을 모두 본 다음 옛날

아폴로 11호가 달에 착륙했던 장면을 기억했지요. 그때 나는 중학교 1학년이었습니다.

1969년 7월 16일 미국 동부 시간의 아침에 아폴로 11호의 승무원 닐 암스트롱과 버즈 올드린, 마이클 콜린스 이렇게 세 사람은 미 대륙의 남쪽 끝 플로리다에 있는 케네디우주센터 39A 발사대의 새턴 V 로켓 위에 앉아 있었답니다. 오전 9시 32분(우리나라 시간 오후 10시 32분) 로켓 엔진이 불을 뿜기 시작하더니 이윽고 아폴로 11호가 발사 타워를 박차고 하늘로 치솟아 올랐습니다. 12분 뒤 세 우주인은 지구궤도에 진입했습니다. 그리고 마침내 미국 시각 7월 20일 오후 8시 17분에 달에 착륙했고 21일 새벽 2시 56분에 닐 암스트롱이 달에 첫발을 내디뎠지요.

우리나라는 월요일이었던 21일을 달세계 개척에 참여한다는 의미로 경축하며 임시공휴일로 정했답니다. 덕분에 저도 집에서 흑백 텔레비전을 통해 달 착륙 장면을 생방송으로 볼 수 있었지요.

그런 것을 볼 때 우리나라 항공우주 개발산업은 미국에 비해 한참 뒤떨어졌지만, 코로나로 위축된 가운데 누리호의 반 정도 성공도 기쁨이자 희망이었습니다.

한편 누리호 발사를 위해 우리나라 300여 개 중소기업이 각종 기술개발을 위해 참여했다는데 그로 인해 우리나라 항공우주 개발이 앞으로 더욱더 빠르게 발전할 것 같네요. 우주개발은 흔히 선진국의 자부심이라고 하는데 대한민국 국민의 한 사람으로 그런 상황을 함께 나눈다는 것이 아주 기쁩답니다.

어려서부터 NASA(미국항공우주국, National Aeronautics and Space Administration)라는 말을 많이 들었습니다. NASA가 전해주는 우주

에 관한 사진과 연구내용을 접했기에 NASA가 마치 우주에 대해 지구를 대표하는 곳 같았고 미국이 대단하고 무섭게 보였지요.

이제 우리도 우리 나름대로 우주를 직접 연구할 수 있게 되었습니다. 그런 연구력으로 각종 인공위성을 만들어 모든 국민의 생활 수준을 끌어올릴 수 있겠지요. 이미 통신이 위성을 통해 이루어지고 있는데 국방력도 위성을 이용해 강화할 수 있을 것입니다. 위성을 통해 무인 비행기가 활용되듯이 각종 미사일에 동력장치와 송수신 장치만 더해지면 위성으로 조종하여 목표지점까지 도달시킬 수 있지 않을까요?

아무쪼록 다음번 발사체는 틀림없이 성공되어 우리나라 항공우주 개발산업이 더욱더 활성화될 수 있기 바랍니다. 그리하여 항공우주 개발에 사용되는 물질들이 일상생활과 관련되는 상품으로 나와 생활용품의 질이 높아지고 젊은이들이 항공우주 개발 분야에 좀 더 많이 뛰어들어 우리의 일상 이야기도 항공우주에 관한 것들로 많이 채워진다면 좋겠습니다.

성공 주식투자가

계성봉 억새 너머 계양산 정상과 파란 하늘을 보며 가을을 느껴봅니다.

'가을'이란 단어를 접하면 아주 한참 전 방송사 시험을 보았을 때가 생각납니다. 논제가 가을이었는데 저는 가을을 낭만적이라기보다는 노처녀들이 또 한 해를 보내게 되어 서글프거나 짜증 나는 계절이라고 표현했답니다.

그런데 요즘은 노처녀와 노총각이라는 말조차 사라졌을 만큼 결혼에 대한 의식이 엄청나게 바뀌었다고 하지요.

결혼을 두고 인생의 필수적인 선택이라고 말하는 것도 지나갔을 정도이니까요. 하지만 어제저녁에 만났던 임용순이라는 대학 친구는 요즘 사람답지 않게 아들이 3대 독자와 같기에 대를 잇기 위해서라도 빨리 결혼했으면 좋겠다고 큰 걱정을 했습니다.

그의 아들은 30대 중반으로 현재 평촌 소재의 아이 티 기업에서 일하고 있답니다. 외고를 졸업한 뒤 대학에서 금융과 관련된 공부를 했으나 대학 재학 중 컴퓨터 게이머로 세계 3위가 될 정도의 실력을 갖추더니 결국 아이 티 기업에서 일하게 되었답니다. 그러면서 혼자 독립하여 살고 있는데 용순은 아들로부터 결혼하겠다는 소리가 들려오기만을 기다린답니다.

하지만 그는 요즘 아내와 함께 외손자를 돌보는 재미에 푹 빠져 있답니다. 그는 은행원 출신의 아내를 만나서 남매를 두고 있는데 딸이 결혼 뒤 아들을 낳아 자신들이 돌본답니다. 그 이유는 딸과 사위가 모두 화학 분야의 박사로서 사위는 배터리 분야 연구원으로 미국의 대학교에 나가 있고 딸도 또한 바이오 분야 연구를 위해 내년 2월에 미국 버클리 대학으로 나가게 되어 바빠지면서 외손자가 그들 부부의 차지가 되었다는군요.

허리와 무릎에 병이 생겨 병원에 다니더라도 외손자를 너무 좋아하는 아내 때문에 그렇게 되었다지만 이젠 자신이 외손자를 더 좋아하게 되어 9개월 된 외손자를 손에서 내려놓을 수 없을 정도라고 합니다.

대학 시절에 있었던 그와의 일화가 떠오릅니다. 소위 말하는 어깨 노릇을 했었지요. 그 친구가 부모님 소유의 땅에 무단 건축을 한 사람들을 쫓아내 달라고 부탁하여 몇몇 친구들과 함께 그들을 만나 협상했었던 적이 있었답니다.

당시 그의 아버지는 뇌졸중으로 쓰러지신 뒤 휠체어에 의지하셨고 은행 대부계에 근무했던 그의 형은 아파트 계단에서 넘어져 사망했기 때문에 그가 장남 역할을 하며 가정일을 관리해야만 했답니다. 그래서 그랬는지 그는 친구들과 다른 면이 있었지요.

대학을 졸업하면서 기업에 취업하는 대신에 10년 동안 남대문 시장에서 전국의 의류 상인들에게 의류를 공급하는 새벽 도매업을 하겠다며 나섰답니다. 그 결과 어떤 때는 하루에 아파트 한 채 정도 값이 되는 돈을 벌기도 했지만, 중간에 사기를 당해 벌었던 만큼 날리기도 했다는군요.

어쨌든 그는 남대문 시장에서 딱 10년 동안 의류판매업을 하겠다는 자신과의 약속을 지킨 뒤 주식투자에 나섰답니다. 그리고 그의 투자에 행운이 따르면서 비교적 행복한 삶을 살아온 것 같다고 했습니다. 인생을 살아가는 데 필수요소가 행운이라고 많은 사람이 말하는데 행운이 가장 필요한 것이 주식투자인가 봅니다. 주식투자에 성공했다는 사람을 좀처럼 만나지 못했는데 내 친구 용순이는 주식투자에 성공했으니 그야말로 대박입니다. 아무쪼록 그가 투자하는 주식의 회사들이 잘 순항하여 앞으로도 그의 행운이 계속되기를 바랍니다.

유일한 군 면회자

미국에 사는 대학 동창인 김홍구로부터 보이스톡이 들어와 있었습니다. 계양산에 있었기 때문에 수신되지 않았는데 집에 와서 보니 그가 보이스톡을 했더라고요. 그래서 몹시 반가워하며 얼른 전화했지만 받지 않기에 그가 잠자리에 든 것으로 알고 나중에 다시 할 생각을 했지요. 그런데 그때 다른 카톡이 들어왔습니다. 살펴보니 몇몇 대학 동창들이 함께 소통하는 단체 카톡 방에 홍구 아버지께서 돌아가셨다는 부고가 올라와 있더군요. 나는 그 내용을 읽어본 뒤 즉시 홍구의 동생에게 전화하여 조문하겠다고 했답니다.

지난해 말에 미국에서 우리나라로 들어오는 규제가 좀 풀렸을 때 홍구는 그의 아버지를 뵈러 왔었지요. 당시 그의 아버지는 95세의 연세에 치매 병환이 심한 상태였기에 코로나가 더 심해지면 전혀 뵙지 못한 채 이별할지도 모른다는 홍구 어머니와 동생들의 얘기를 듣고 들어왔답니다.

그때 대학 동창들인 영호와 희석, 대수와 함께 40여 년 만에 종로 곰탕집에서 만나 좋았던 학창 시절을 기억하며 종로의 여러 주점과 노래방까지 들렀지요. 그리고 다음 날 저는 홍구 아버님을 찾아뵙고 어머니와 동생 그리고 그의 아들과도 인사를 나눴답니다.

나는 영호와 홍구에게 꼭 갚고 싶은 은혜가 있답니다. 내가 3학년

1학기였던 6월에 공군에 지원 입대하여 대전교육사령부에서 신병과 특기 교육을 마치고 성남 비행장으로 자대 배치된 겨울이었습니다. 당시 3학년 과대표였던 영호와 홍구가 면회를 왔었답니다. 그들이 면회 와준 것이 너무 기뻤지만, 중대에서 라면을 끓이고 영외거주자들의 밥그릇을 설거지하느라고 손이 다 텄는데 그런 모습을 보여주는 것이 창피했지요. 그랬던 것은 아마 같이 학교에 다닐 때 내가 너무 당당한 모습을 보였었기에 그랬었던 것 같았습니다. 그런데 그들의 면회는 35개월 군 복무 가운데 부모님도 오시지 않았던 유일한 면회였지요. 그래서 지금껏 사람들과 군 복무 얘기를 나누면 항상 떠오르는 친구들이 그들이었고 그들에게 은혜를 갚겠다는 생각을 하고 있었답니다.

그래서 홍구가 귀국했을 때 다른 친구들과 함께 만난 다음 날 특별히 혼자 그의 부모님 댁에 갔던 것이었지요. 학교를 졸업한 뒤 그들과 어울리려고 했으나 홍구는 일본계 컴퓨터 회사에 취업한 뒤 얼마 지나지 않아 미국으로 이민을 하였고 이후 내가 친구들과의 만남을 피했던 시절이 있었기에 영호 소식은 알 길이 없었답니다.

비록 홍구가 없는 그의 아버지 장례식이었지만 그에게 은혜를 갚는 마음으로 다녀왔네요. 2월 21일 우수를 지났는데도 바람이 많이 부는 영하 5도 정도의 추운 저녁이었지요. 그래도 지하철 중계역에서 내린 뒤 상계백병원 건물을 바라보니 마음이 따뜻해져 어떤 추위도 느낄 수 없었답니다.

HID 대북 침투 공작 책임자로서 우리나라와 미국 정부로부터 20여 개의 무공훈장을 받은 96세 고 김진수 육군 예비역 대령의 명복을 빌어드리자 마음이 무척 편해졌습니다.

조문을 마치고 돌아오는 지하철에서 옛날 학창 시절의 좋았던 추억이 머릿속에 맴돌았습니다. 홍구의 초대로 일본 강점기에 지어졌다는 그의 돈암동 이층집을 구석구석 살펴보았던 것과 학교 강의실에서 지냈던 일들을 생각하니 무엇보다 마음이 순수해지면서 그런 마음이 들도록 해준 홍구에게 고마움이 느껴졌답니다.

오만은 불운을 불러

　방송인 시절 가장 친했던 동료 유도영 씨로부터 전화가 왔습니다. 그는 방송사를 명예퇴직하고 철학원과 의료기기 판매사업을 하고 있는데 내가 퇴사한 뒤 명리학을 연구하는 사람을 알게 되어 명리학을 공부했다는군요. 그러면서 자기 일은 사람들이 불행해지지 않도록 조언해 주는 것이라고 결정한 뒤 그 일을 해오고 있답니다.

　그는 방송사에서 함께 일했던 동료들에 대한 소식도 알려주었습니다. 퇴직한 몇몇은 과거 방송활동을 할 때 오만함으로 세상 높은 줄 모르고 자신의 이익을 위해 방송을 이용하기까지 했답니다. 그러면서 한 선배는 정치인에게 줄을 대어 경영진이 되었는데 평소 그의 뜻에 동조했던 사람들을 하수인으로 만들어 다른 직원들의 인권을 무시하고 활동을 통제하는 등 못된 짓을 마치 자기 능력처럼 과시했다는군요.

　겸손한 사람은 자신의 성취에 대해 행운이 따랐을 뿐이라고 낮춰 말하지만 오만한 사람은 자기 능력이라며 뻐긴다지요. 교육자의 교육은 피교육자에게 이루어지고 판매자의 판매는 구매하는 사람에 의하며 정치도 역시 사람이 있어야만 하는 것으로서 모든 일은 상대가 있어야 하는 것이기에 상대를 존중해야 하는 것이지요. 결국 상대의 마음이 성취의 가부를 결정지어주기 때문에 겸손하게 되면 행운이 찾아오고 그 행운이 성공을 만들어준다고 합니다. 이처럼 인생사 대부분이 자력에 의해서만 이루어지지 않는다고 하는데 자신의 의지와 상관없이 일어나는 일들은 알게 모르게 운이 작용하기 때문이라고 하네요.

그런데 방송 동료 몇몇은 벌써 사망했거나 투병 생활을 한다더군요. 특히 경영진이 되었던 선배는 퇴임 후 뇌졸중으로 반신불수가 되었답니다. 그리고 그를 추종했던 사람들 가운데 한 사람은 사망했고 다른 한 사람은 식물인간이 되었다는군요. 그들은 모두 불운을 만나 그동안 벌어놓았던 돈을 까먹게 된 것은 물론 온 가족에게 고통을 주고 있답니다.

나는 방송사를 떠난 지 거의 30년이 되어 그 사람들을 잊었는데 유도영 씨로부터 그들의 소식을 듣게 되자 마치 옆에서 그들의 행실을 봐왔던 것처럼 여겨졌습니다. 그러면서 "업보를 받은 거야!"라는 소리를 지르고 말았답니다.

그러자 유도영 씨도 맞장구치며 그 시절에 있었던 에피소드를 얘기하느라 시간 가는 줄 몰랐었지요.

그리고 통화가 끝나자 적막이 흐르며 숙연해졌습니다.

"인과응보라고 했는데 나는 그 시절 또 어땠나?"

솔직히 나도 하늘을 똑바로 바라보지 못할 일들이 있었습니다. 그래서 그에 대한 업보로 제가 중국에 진출하려 했던 것이나 한창 일할 나이임에도 불구하고 일이 안 되면서 10년 가까이 고통 속에 보낸 불운이 있었다고 생각했답니다.

그 10년 가까이가 업보가 소멸하는 과정이었기를 바랍니다. 그리고 참 다행인 것은 그래도 병이나 사고 등의 불행이 없었다는 것이지요.

앞으로도 그런 일이 없도록 유도영 씨에게서 들은 선배들의 불행을 저 자신을 돌아보며 살아가는 반면교사로 삼아 더욱더 겸손해질 것입니다.

어쩌면 내가 매일 산에 가는 것도 이전에 지은 좋지 않았던 업이 저도 모르게 소멸하도록 하늘이 도와서 그러는지 모르겠네요. 어느덧 매일의 산행이 잘못된 어제를 지우고 올바르고 새로운 오늘과 내일을 세우기 위한 의식이 되고 있답니다.

문명 생활에 감사

　내가 살아온 과정과 성취한 일들을 보면서 나는 문명의 혜택을 많이 받았다고 생각합니다. 인터넷에서 영어와 관련된 각종 정보를 습득했다거나 좋은 영어책을 발견하여 학생들에게 교재로 사용하며 영어를 가르칠 수 있었고 컴퓨터로 글을 써서 책을 출간하는 작가가 될 수 있었기 때문이지요.

　그런데 그런 것들이 내게 필요했던 능동적 정보였다고 한다면 휴대전화를 통해서 받은 것들은 수동적 정보가 될 것인데 그런 수동적 정보가 오히려 제가 훨씬 더 사람답게 살아가도록 도움을 주고 있답니다. 그런 정보들은 내가 원해서 접근했던 것이 아니라 지인들이 보내주는 메시지를 통해 이뤄진 것이랍니다.

　어쩌면 그런 메시지들을 귀찮다거나 바쁘다는 이유로 그냥 터치와 동시에 스킵하며 넘길 수도 있을 것입니다. 하지만 나는 '세상에 의미 없이 태어나는 것은 없다.'라는 긍정적 사고를 하고 있기에 그들을 모두 연결해 보았더니 멋진 사진을 비롯하여 유머와 명언, 공연, 건강정보 등 생활에 유익한 내용들이었습니다. 만일 내가 당장 원하는 지식과 상식만을 취하려고 했었다면 아마 그렇게 좋은 내용들을 알지 못했을 것입니다.

　그동안 좋은 메시지들을 보내주신 분들께 감사드리며 특히 인천광

역시태권도협회 이화현 회장께서 보내주신 독일의 메르켈 전 총리에 관한 내용으로부터 많은 깨달음을 얻었고 나 자신도 더욱 바르게 살 수 있도록 도움을 받게 되었다는 말씀을 전해드리지 않을 수 없네요.

인간 메르켈에 대해서 TV나 라디오 등에서 전해주는 이야기들을 관심 반 무관심 반으로 들었는데 이화현 회장께서 보내주신 메르켈에 관한 메시지를 수동적으로 접한 뒤 인터넷을 통해 능동적 탐색을 한 결과 그분은 성인(聖人)이라고 결론지으며 그분을 내 인생의 존경하는 인물로 정했답니다.

나보다 두 해 먼저 태어나신 분인데 참으로 감동적인 삶을 진행하고 있는 분이시네요. 한때 유행했던 '죽기 전에 해야만 할 ~'라는 말이 있습니다. 나는 이 말에 대입하여 죽기 전에 독일에 방문하여 그분과 인사만이라도 나눠보고 싶답니다.

그리고 이렇게 정보를 접하며 문명적인 생활을 할 수 있도록 전기와 통신, 교통, 문화 등의 발명과 발달에 기여해주신 많은 선조께도 감사드리며 나 역시 뭔가 세상에 도움을 주는 일을 해야겠다는 마음가짐과 의욕이 생겨난답니다.

어게인 싱가포르

8월의 마지막 날 밤에 계양산에서 올해도 싱가포르에 가보지 못한 채 여름을 보낸 것을 또다시 아쉬워하며 싱가포르에서의 추억을 떠올렸습니다.

싱가포르국립대학교에 유학한 뒤 돌아왔던 1991년 이후부터 매년 여름이면 싱가포르로 여행하겠다는 계획을 잡았었지요. 그 이유는 유학 기간에 싱가포르 전역을 돌아다니며 배우고 느낀 것이 많았기 때문에 우선 경제적으로 잘살아 보겠다는 마음을 유지하기 위해 주기적으로 적당한 자극을 받고 싶어서였답니다.

또 한 가지는 홍콩 가수인 '진추하'가 부른 'One summer night'이란 노래 때문이랍니다. 두 학기를 마칠 때쯤 '황잉리'라는 여학생이 집에서 파티를 연다며 저와 친구들을 초대했었지요. 그녀의 집은 학교 근처 클레멘티라는 동네에 있는 일반 주택이었는데 당시 싱가포르에서 일반 주택은 흔한 아파트보다 훨씬 비쌌답니다. 그 집은 매일 한 차례 내리는 스콜이라는 비가 떨어지는 것을 감상하거나 수영할 수 있는 작은 노천 수영장을 둘러싼 사각의 건물로 이루어져 있었고 건물 밖에는 정원이 있었답니다.

파티 장소는 수영장 쪽 폴딩 도어로 트인 넓은 거실에 마련되었는데 그곳엔 많은 의자와 작은 이동 식탁들이 있었고 돼지 바비큐와 튀

긴 해물 요리, 과일들로 덮인 식탁 그리고 캔 맥주와 음료수가 잠겨 있는 얼음 물통 등이 있었답니다. 그러면서 수영장 건너편 작은 스피커에서 음악이 계속 흘러나오는데 'One summer night'이 들려오더군요.

"One summer night, the stars were shining bright."

학생들은 그 노래를 따라 불렀지요. 나는 그 노래가 끝난 뒤 함께 자리했던 친구들에게 그 노래가 담겼던 영화 '사랑의 스잔나'와 우리나라 스키장에 관해 설명해주었답니다. 그러자 그 이야기를 들었던 친구들이 강원도 스키장에 가고 싶다고 하더군요. 그래서 초대한다고 했으나 귀국 후 생활이 불안정해져서 공수표만 날린 꼴이 되고 말았지요. 그들은 지금쯤 50대 중반이나 말쯤 되었을 텐데 아직 내가 연락하기를 기다리고 있는지도 모르겠습니다.

그런 이유 때문에 무더운 여름이면 30대에 방송하며 싱가포르에 유학하여 대학 생활했던 젊은 시절이 생각난답니다. 그러면서 힘이 솟아나곤 하는데 얼른 학교에 찾아가 단 한 명의 소식이라도 알아내 만나보아야겠네요. 아울러 내가 살았던 클레멘티와 여러 관광지를 다녀보며 열정을 되살리고 싶답니다.

싱가포르는 년 중 내내 더운 여름과 같아서 '상하의 나라'라고 합니다. 그곳에 처음 도착했던 1989년 창이국제공항을 나오면서 마치 강제로 저에게 안겨주었던 첫인상은 '사우나'였지요. 하지만 우리나라 지하철 격인 MRT와 이층버스 등의 대중교통이나 학교, 싱가포르 중심지인 '오차드 로드'와 관광 섬인 '센토사' 그리고 그 섬 앞의 '세계무역센터' 등 어디에나 냉방 시설이 잘되어있어서 실내에서 생활하기에는 큰 어려움이 없었답니다.

우리나라에서는 여름이 다른 계절에 비해 정열적이라고 하는데 그런 정열을 1년 내내 느꼈던 젊은 시절의 싱가포르 생활!

8월의 마지막 날 밤에 계양산성에서 하늘을 올려다보며 싱가포르에서의 좋았던 일들을 기억했답니다. 2022년엔 꼭 코로나 염려 없이 싱가포르에 갈 수 있기를 기대하며 어게인 싱가포르를 위해 진추하의 One summer night을 들었습니다.

'매일 밤 나는 당신을 위해 기도할 거예요. (Each night I'd pray for you.)

내 마음은 당신을 향해 울 거예요. (My heart would cry for you.)'

새로운 내 편

아내의 조카사위가 보내준 글 덕분에 좋은 기분으로 편안한 밤을 보낼 수 있었답니다. 수업을 마치고 휴대전화를 확인해보니 내가 보내준 글에 대한 그의 카톡 메시지가 있었는데 아래 내용이 눈에 들어왔습니다.

"이렇게 양심의 촉을 후비는 좋은 글에 답을 더디게 드려서 죄송합니다~ 이모부님의 뜻에 100% 동의하며 나를 되돌아보니 많이 반성해야 할 것 같습니다."

사나이는 자신을 알아주는 사람에게 충성을 다한다는 말이 있는 것처럼 비록 그가 저보다 어리더라도 나를 알아주고 믿어주니 당연히 그를 아끼고 지지해줄 것입니다.

이런 감정을 참으로 오랜만에 느껴봅니다. 과거 좋지 않은 사람을 만나면서 많은 것을 잃고 마음의 상처까지 받게 된 이후부터 사람 만나는 것을 피해왔지요. 그것이 이 세상에 내 편은 어머니와 아내 그리고 반려견인 삐삐뿐이 없다는 편협한 생각을 하게 했고 새로운 사람들과의 사귐이 필요하지 않게 했답니다. 그러더니 어떤 친인척도 만나고 싶은 생각이 들지 않더군요.

그러던 어느 날 아내가 제안했지요. 해물을 좋아하는 나에게 아내의 조카와 그녀의 남편인 조카사위와 함께 섬에 가서 바지락을 캐자고 했습니다. 그리하여 약 12년 만에 만난 우리는 넷이서 옹진군 장봉도에서 1박 2일을 함께 보내면서 아내와 조카는 한밤중에 바다에 나가 꽃게를 잡아 왔고 조카사위와 나는 술잔을 기울이며 각자의 옛날을 더듬어 꺼내 화기애애한 시간을 가졌답니다. 그리고 다음 날엔 모두 함께 물이 빠진 바다에 나가 바지락을 캐고 능쟁이를 잡았지요.

우리가 그렇게 어울릴 수 있는 것은 아내와 아내의 조카가 동갑이기 때문인데 조카는 아내 둘째 언니의 장녀로 그들은 어려서부터 친구처럼 지내왔답니다. 그러니 나와 조카사위도 친구와 같은 기분으로 어울렸던 것이었지요.

그들은 서울 영등포구에 살면서 조카사위 김대곤은 태양광 태양열 사업을 하고 있으며 조카 유수옥은 의류판매업에 종사하고 있답니다. 그들은 하늘이 부여해준 그들만의 정을 나누며 두 딸과 함께 사랑이 넘치도록 살아가고 있지요.

그런 그들을 보며 느끼고 배울 점이 많다는 마음을 가졌었는데 때마침 보내온 답변에 마음이 동하면서 그들을 새로운 내 편으로 정하게 되었답니다.

아내에게 행운을

어머니 댁 냉장고 수리를 위해 홀로 어머니 댁을 찾아 어머니와 하룻밤을 보낸 뒤 집으로 돌아와서 아내와 함께 아버지 봉안함이 모셔 있는 서울 현충원에 다녀왔습니다.

그리고 그날 밤 계양산에 삐삐와 함께 올라 부모님과 나와의 지난 날과 지금을 비교할 수밖에 없는 일들을 생각하게 되었답니다.

아버지가 살아계셨을 때 나는 아버지에 관한 일에 적극적으로 나섰던 경우가 별로 없었지요. 그래서 또한 어머니께도 거리를 둘 수밖에 없었고요. 그것은 어려서부터 아버지에 의해 형성된 피해의식이 있었기 때문에 일부러 아버지를 피하겠다는 마음을 앞세웠기 때문이었답니다.

그런데 그렇게 했던 내가 잘못이었다는 것을 최근에야 인정하게 되었습니다. 나는 아내로부터 태도를 바꿔야 한다는 소리를 줄곧 들어왔지만, 오히려 아내에게 제가 아버지에게 거리를 두고 대하는 것처럼 그렇게 하라고 강요까지 했지요. 그러나 아내는 "며느리로서 해야 할 도리는 해야 한다."라며 부모와 자식 간의 관계 유지에 최선을 다해왔답니다.

그 결과 나도 조금씩 바뀌기 시작했었으나 안타깝게도 아버지는 나와 아주 원만한 관계가 형성되기 이전에 돌아가시고 말았습니다.

그러자 아내는 내가 어머니께 더 잘 해드려야 한다는 마음을 갖도록 그런 방향으로 저를 밀어왔지요. 특히 어머니 치매 때문에 더 많은 관심을 두게 되었는데 그러다 보니 어머니 치매와 더불어 아버지에 대해 좋지 않았던 감정들이 털려 나가는 것을 느낄 수 있었답니다. 그때마다 아내는 아버지에 대한 내 고정관념이 사라지게끔 만들더군요.

아내가 고맙습니다.

'언젠가는'이라는 말을 하며 요양보호사 자격증을 따낸 아내는 어머니를 돌봐드리겠다는 계획을 가지고 있답니다. 그러기 위해서는 어머니가 우리 쪽으로 옮겨오셔야만 하는데 어머니는 아버지와 사시던 지금의 아파트에 계시겠다고 하셔서 우리도 어쩔 수 없이 그저 자주 찾아뵙고만 있답니다.

그러면서 아내는 서울 목동에서 수학교습소를 운영하는 수학 선생님의 딸인 '지우'라는 아기를 돌봐주는 베이비시터로 일하고 있지요. 아내는 그 아기를 너무 예뻐하면서 사람의 인성은 주로 아기 때 갖춰지기 때문에 좋은 인성이 형성되도록 좋은 말을 들려주고 좋은 것을 보여주는 등 정성을 다해 돌본답니다.

이런 아내를 만난 것은 행운입니다. 비록 우리 사이엔 아이가 없지만, 아내에게 아기를 돌볼 수 있도록 기회를 준 하늘에 감사합니다. 아내에게 주어진 그와 같은 일에 아내가 건강한 심신으로 최선을 다해 사랑을 나누고 아내가 뜻하는 일들이 잘 이루어지도록 행운을 내려주시옵소서!

아울러 아내의 그런 사랑으로 자라는 지우와 그녀의 오빠 선우 또한 건강하고 총명하게 자라서 자신들은 물론 가족과 나라를 위해서도 꼭 필요한 인재들이 되기를 바랍니다.

베트남 인연

카톡을 이용해 글을 쓰기 시작하면서 알게 된 콘텐츠가 있답니다. 카톡 페이지를 열고 우연히 아래에 있는 사람 모습의 그림을 터치했더니 핑크 정도의 케이크 그림 옆에 '친구의 생일을 확인해보세요!'라는 문구가 있더군요. 그래서 그것을 또 터치했더니 '피터 팬'의 생일이 나타났습니다.

피터 팬이요? 정말로 닉네임이 아주 잘 어울리는 썩 괜찮은 사람이랍니다. 코로나가 발생하기 이전에 아내와 함께 베트남 여행하면서 처음 '패키지여행'이라는 것을 이용했는데 4가족이 한 팀이 되었지요.

나보다 한 살 나이 많은 거제도에 거주하는 조경래 씨와 그의 아내, 나와 내 아내, 세종시에서 공무원 생활하는 피터 팬과 그녀의 남편 이영민 씨 그리고 창원에서 직장생활을 하는 박세준 씨와 그의 두 자녀 등이 함께 어울렸답니다.

그 이후에도 연락을 이어오며 거제도에 사는 조경래 씨의 초대로 거제도에서 박세준 씨의 아내까지 함께하는 꿈같은 시간도 보냈지요. 우리는 세대 차가 나는 연령으로 잘 어울려질 것 같지 않았지만 뭔가 말할 수 없는 묘한 이끌림에 수년째 연락을 주고받고 있네요. 만일 코로나가 없었다면 틀림없이 국내에서 자주 만나는 것은 물론 해외 여행의 기회도 더 많이 가졌을 것입니다.

카톡에서 피터 팬의 생일을 알게 되니 생일선물을 보내고 싶어졌습니다. 그래서 '선물하기'라는 글자를 터치하니 각종 선물이 나오기에 그 가운데 하나를 선물했지요. 그런 것을 몰랐는데 "세상 참 좋아졌다"라는 말만 나왔습니다.

그런데 일전에 내 생일에 생일과 관련된 글을 카톡에 올렸더니 피터 팬을 비롯한 몇 분이 생일선물을 보내와서 '어떻게 보냈나?' 궁금했었는데 이제야 그들이 그렇게 했던 것이라는 것을 알게 되었네요.

처음에 카톡으로 그런 메시지를 받는 순간 사진만 보내오는 줄 알았었지요. 그런데 상품이 배달돼오거나 선물로 받은 해당 제품의 판매점에서 휴대전화 카톡에 올려진 사진을 보여주고 상품을 받게 되니 그야말로 기분이 째지게 좋았답니다.

내가 그런 식으로 선물을 주고받을 수 있는 생활을 누리도록 대상이 되어주신 분들께 진심으로 감사드립니다. 부디 모두 건강하게 코로나를 이겨내기를 바라며 다시 만나 어울려 지내면서 더 많은 새로움을 주고받을 수 있기를 고대합니다.

이중생활

남부지방의 장마로 인해 밤공기도 몹시 습합니다. 그래서 밤에 계양산에 오를 때 땀나는 것을 피하려고 박물관 옆 돌계단보다 쉬운 임학공원에서 무장애 데크 길을 따라 돌고 돌아 정자에 도달했습니다. 그리고 그곳의 벤치에 앉아 휴대전화기로 '어니언스의 편지'를 5번 이상이나 들었답니다.

그 노래를 연속해서 그렇게 많이 들었던 이유는 오늘 신포시장 일대에 갔다가 길에서 그 노래를 들었기 때문이랍니다. 영어를 배우는 고등학교 학생들이 1학기 기말고사를 마치면서 그들의 시간에 쉼을 갖게 되어 신포시장 일대를 찾았지요.

1970년대 중반 시국과 미래에 대해 다른 대학생들이 걱정하는 것과 상관없이 나는 75년 초에 고등학교를 졸업하면서 용동 마루에 있었던 '석화 다방'을 중심으로 동인천역에서부터 신포시장에까지 어찌 보면 흥청망청 제 젊음을 흩뿌리며 지냈답니다. 오늘 그곳에 뿌려졌던 추억을 주워 계양산으로 가져왔는데 가끔 저는 '계양산에 몸을, 동인천 일대에 마음을' 두며 이중생활을 하는 것 같은 기분이 들기도 합니다.

그것은 '석화 다방'을 중심으로 그 일대에서의 추억이 많았기 때문인데 사실 오후에 어니언스의 편지라는 노래와 관련된 추억을 나누고 싶어 인천광역시 태권도 협회 이화현 회장에게 전화했으나 받지도 않고 연락도 없어서 귀가 후 계양산에서 그런 시간을 보냈던 것이었지요.

신포시장에서 특히 '할매순대국집'은 태권도를 함께 했던 친구들과 자주 찾았던 식당으로 우리는 그곳에서 순댓국에 막걸리를 마시며 젓가락으로 장단을 맞추면서 노래를 불러댔답니다. 그때 태권도를 지도하며 우리를 이끌었던 분이 바로 지금의 인천광역시태권도협회 이화현 회장인데 그분이 그런 자리에서 부르는 노래가 바로 '편지'였지요.

그렇지만 그 노래를 '어니언스'처럼 듀엣으로 불렀던 사람들은 나와 '하재홍'이란 친구랍니다. 당시 이화현 씨는 해병대를 전역한 뒤 대학에 복학하여 우리에게 태권도를 지도했었는데 나는 그와 함께 태권도를 하면서 그에 의해 내 잠재력이 밖으로 나와 남들 앞에서 외향적이고 역동적으로 살아갈 수 있는 동기를 받았다고 생각합니다.

고마운 분이지만 그 당시엔 그가 나에게 그렇게 영향을 끼쳤다는 것을 잘 알지 못했지요. 그러다가 신포시장 인근에서 영어교습소를 해오면서 긴 세월에 나이 또한 들어가자 옛날이 그리워져 신포시장 일대를 자주 찾으면서 그 일대에 뿌려두었던 젊음을 기억하며 그의 진가를 알게 되었답니다.

이제 그 옛날의 모습을 더 성숙시키며 살고픈 것이 바람입니다. 45년이 흘렀어도 다행히 신포시장 일대와 식당의 모습이 거의 그대로고 그 시절 함께했던 친구들 가운데 몇몇은 떠났지만 만날 수 있는 친구들이 남아 있으니까요.

인천시 중구 신포시장 인근 신흥동에 있는 영어교습소에서 낮부터 저녁까지 학생들에게 열심히 영어를 가르치고, 저녁이면 이화현 회장과 친구들을 만나 동인천역에서부터 그 시절을 되찾아가며 신포시장의 할매순대국집에 들러서 옛날처럼 지내고 싶답니다. 그러면서 아침과 밤이면 계양산에 오르며 젊음의 날들을 한 번 더 기억하고 명상하는 이중생활을 할 수 있다면 좋겠습니다.

인천 상륙

1950년 6월 25일 발발한 한국전쟁 당시, 인천상륙작전은 같은 해 9월 15일 미군을 비롯한 국제연합군이 인천으로 상륙하기 위한 작전이었지요. 하지만 작전명은 보안 유지를 위해 작전과 아무런 연관이 없는 단어들 가운데 크롬 광석을 인용한 코드네임 크로마이트 작전(Operation Chromite)'이었다고 하는군요. 그러다가 작전이 끝난 이후 인천이라는 이름을 붙여 'Battle of Incheon'이 되었다고 합니다.

인천은 내 고향으로 우리나라에서 가장 좋아하는 도시랍니다. 그런 인천에서의 삶에서 내게는 출생이라는 상륙 이외에 두 번의 상륙이 더 있었지요.

첫 번째는 초등학교 1학년 때 과거 '엘로우 하우스' 앞이 바다였을 때 그곳에 띄워있던 통나무에서 뛰어놀다가 바다에 빠져 3시간 만에 구조되었는데 당시 어떤 일간지에 어이없게도 사망했다는 기사로 실렸답니다.

두 번째는 중국에 가기 위해 방송을 그만두었지만 실행하지 못해 좌절과 방황을 거듭하다 극단적인 선택을 했는데 주변 사람에 의해 살려졌지요.

만일 두 번의 인천 상륙이 없었다면 이 세상 사람이 아니었을 것이고 또한 고향인 인천에서 영어 가르치는 일을 하지 않았다면 지금처럼 재기하여 이렇게 살지 못하고 어디에선가 이방인으로 떠돌고 있을지도 모릅니다.

그런데 그렇게 고마운 고향 인천을 폄하한 적이 있었지요. 몇 년 전 내 영어교습소에 조금은 남루해 보이며 약간의 전라도 사투리를 쓰는 어머니가 두 남매를 데리고 왔었답니다. 그들은 야반도주하다시피 고향을 떠나 영어교습소가 있었던 맞은편 동네인 중구 율목동으로 이사 왔다고 하더군요.

"이 동네로 이사를 와보니 어떻던가요? 생활환경이 다른 도시만큼 좋지 않지요?"

그렇게 질문하자 그 어머니는 동의할 수 없다는 표정을 지으며 대답했습니다.

"무슨 말씀을요? 우리 가족이 흩어지지 않고 함께 살 수 있도록 저렴한 집이 있어서 얼마나 다행이었는데요. 남편이 고향에서 사업에 실패한 뒤 일자리를 찾아 서울로 오게 돼 서울에 집을 마련하려고 했지만, 가격이 너무 비싸 불가능했어요. 그런데 남편의 직장 동료가 이곳을 알려주었답니다. 집도 싸고 아이들 교육도 잘 시킬 수 있고 동인천역에서 전철을 타고 서울로 출퇴근하기 좋은 곳이라고요. 그 말을 듣고 와서 살아보니 정말로 제가 이전에 살던 곳보다 훨씬 더 좋다는 것을 알게 되었답니다."

나는 그 말을 듣고 그 이야기에 대해서는 더 이상 말하지 못했답니다.

지금도 그 생각만 하면 내 고향 인천 특히 중구 구도심에 미안합니다. 그것을 두고두고 후회하고 반성하며 그로 인해 앞으로 인천을 더 사랑하며 인천을 위해 무엇인가를 해야겠다고 다짐했지요.

고향의 발전을 위해 생각 같아선 신포시장 인근의 부두가 싱가포르 마리나 베이 일대처럼 될 수 있도록 도와서 그곳으로 또 한 번의 인천 상륙을 할 수 있다면 좋겠습니다.

며칠 전 계양산 정상에 오른 뒤 경인여대 뒤쪽 계단으로 내려오는데 화장실 건물에 도달하기 전부터 길가 벤치 쪽에서 마치 웅변하듯 외쳐대는 소리가 들려왔습니다. 그래서 무슨 일인가 궁금하여 발걸음을 재촉해 다다르니 어떤 여성이 벤치에 혼자 앉아 큰소리로 세상사를 탓하고 있더군요.

그런데 내가 그녀 앞을 반려견과 함께 지나가자 그녀는 조금 전처럼 나에게 소리쳤습니다.

"개는 왜 키우니? 한 달에 50만 원은 들 텐데, 그럴 돈으로 고아원 아이들이나 도와줘라!"

보아하니 제정신이 아닌 것 같기에 아무 대꾸도 하지 않고 그냥 지나쳤습니다. 그리고 얼마 가지 않아 평소 운동하는 장소에 도착하여 운동을 시작하려니 그녀가 했던 말과 비슷한 어떤 말이 떠올랐습니다.

"개는 왜 키우니? 힘들지도 않니?"

어머니 댁에 갈 때마다 데려가는 반려견 '삐삐'에 대해 어머니가 달갑지 않게 여기시며 노상 하시는 말씀입니다.

"나도 개를 길렀지만 개를 팔아서 살림에 보태려고 그랬던 것이지 너처럼 그렇게 길렀던 것이 아니었다. 어디 보낼 곳이 있다면 줘버리렴."

어머니께서 그런 말씀을 하시는 것은 나를 위해서라는 것을 알고 있습니다만 처음에 그런 말씀을 하셨을 땐 몹시 섭섭했지요. 하지만 치매로 인해 그런 말씀을 반복하시는 것이기 때문에 이젠 아무 말도 하지 않고 그저 그 순간이 지나가기만을 기다린답니다. 그런데 사실 내가 개를 기르며 그처럼 데리고 다닐 정도로 좋아하게 된 것은 부모님이 만들어놓으셨던 환경 때문이기도 했지요.

어머니도 말씀하셨듯이 내가 어렸을 때부터 우리 집에는 항상 개가 있었는데 나는 거의 개와 놀면서 지냈답니다. 학교에 갔다 오면 바깥마당에 매어 있는 개와 함께 지낸 뒤 집안에 들어갈 정도로 개를 좋아했습니다. 그렇지만 어떤 개도 그런 생활은 채 1~2년도 넘지 못했었지요. 내가 학교에 갔을 때 그 개들은 이미 개장수에게 팔려 갔던 것이었습니다.

한번은 고등학생이었을 때 학교에서 시험을 보고 일찍 귀가했는데 개장수가 와서 어머니와 흥정하는 것을 보고 그 개장수에게 가라며 병을 깨서 위협을 가한 적도 있었답니다. 어머니는 치매를 앓고 계셔도 개에 관한 얘기만 나오면 그런 얘기와 더불어 내가 개를 좋아한다는 말씀을 꼭 하십니다.

어쨌든 부모님 덕분에 개와 생활하는 그런 환경 속에서 개와의 정을 쌓았는데 일반인들이 개에 대해 가지고 있는 감정에 더해지는 것이 있다면 부모님에 의해 짧은 생을 살았던 개들에게 부모님을 대신해 속죄하는 마음도 들어있다는 것입니다.

그래서 개와의 정을 더 소중하게 여기고 있는데 사람들은 생명이 없는 집과 학교, 배 등에 대해서도 '정든 집'이니 '정든 학교', '정든 배'라고 정을 느끼면서 이별을 아쉬워하건만 하물며 어찌 생명이 있고 감정을 공유하며 함께 살아온 개를 힘들어졌다고 치울 수 있겠습니까?

계양산에서 만난 그 여성처럼 자신만의 생각으로 남의 입장은 무시하며 말하는 사람도 더러 있습니다. 외부로 보이는 것만 보고 쉽게 말하는 것 같은데 개와 생활하는 보호자에게는 그 개에 대하여 깊은 정이 있다는 것을 알아주었으면 합니다.

예전의 TV 드라마 가운데 '전설의 고향'이 있었습니다. 그 드라마는 정을 소재로 한 이야기가 많았는데 '더러운 정 때문에'라는 표현도 거기에서 들었던 것이었지요. 반려견과 생활하는 사람에게는 그럴 정도의 끈끈한 정이 있답니다. 그런 것도 잘 알지 못하면서 자신만의 무정하고 매정하고 비정하며 냉정한 마음으로 차갑게 만들지 마시기를 부탁드립니다.

반려견 '삐삐'는 나와 함께 11년을 살아오고 있답니다. 삐삐를 만난 뒤부터 매일 아침저녁으로 두 차례 산책을 다녔기 때문인지 병원에서 정기 건강검진을 받은 결과 67세의 나이에 181센티미터의 키와 84킬로그램의 체중을 유지하고 있으며 심혈관에 대한 평가는 51살의 나이라고 합니다. 또한 겸손과 이성을 가진 건강한 정신을 소유하고 있는데 이처럼 심신이 건강한 것은 아마 삐삐 덕분일 겁니다.

그래서 삐삐에게 더 큰 고마움을 갖고, 깊은 정을 느끼며 살고 있습니다만 언젠가 이별하리라는 것도 알고 있습니다. 어려서부터 부모님께서 보여주셨던 개와의 이별을 많이 겪었기 때문에 우리의 이별은 담담할지도 모릅니다. 하지만 그 이별은 삐삐에 의해 이루어질 것입니다. 그때까지 삐삐에게 잘 대해주고 행복하게 살아갈 것이랍니다.

인플루언서

고등학교 2학년 수능 영어 모의고사 독해 문제 가운데 하나의 이야기를 소개합니다.

어떤 사찰에서 스님들이 예불을 올리고 있을 때마다 고양이가 대웅전 문 앞에 와서 울었답니다. 그래서 예불과 명상을 수행하기 어려워진 스님들이 예불을 올리기 전에 먼저 고양이를 마당 끝에 매어 놓았지요. 그럼으로써 스님들은 멀리서 나지막하게 들려오는 고양이 울음소리와 목탁 두드리는 소리를 함께 들으며 명상에 어느덧 익숙해지게 되었답니다.

그러던 어느 날 세월과 함께 고양이가 돌아올 수 없는 먼 세상으로 떠나갔답니다. 그러자 고양이 울음과 목탁 소리를 들으며 수행하는 습관에 이미 길든 스님들이 어려움을 느끼게 되어 어쩔 수 없이 새로운 고양이를 구해와 이전의 상황을 만들어놓고 수행을 계속했다고 합니다.

카톡을 이용해 생활 속 이야기들을 전한 지 한 달 정도 되자 글이 올라올 시간이 됐는데 왜 없냐는 등의 내용을 보내주더군요. 그래서 그 내용이 마침 내가 가르친 영어 문제의 그 내용과 일치되는 것 같아 본 글의 소재가 되었네요. 그리고 어떤 분들은 내 글을 페이스북이나 인스타그램에 올려서 많은 사람이 읽을 수 있다면 좋겠다고 하거나 한 가지 내용을 두 번씩 읽는다는 둥 고마운 글들을 전해준답니다.

사실 그런 것을 생각하며 글을 써 올린 것이 아니었습니다만 그런 글을 받으니 책임감이 느껴집니다. 그것은 아마 내가 하는 일이 여러분에게 영향을 미쳤기 때문인가 봅니다.

요즘 '인플루언서'라는 말을 많이 사용합니다. 우리말로 '영향을 끼치는 사람'에게 붙여지는 말인데 사람에게 영향을 끼치는 또 다른 사람을 두고 하는 말로서 부모님이나 형제, 친구 등 나의 생활에 닿아 있는 사람들을 모두 그렇게 부를 수 있겠지요.

그런데 최근 사회적 관계망이 발전하면서 연예인이나 사회적 인지도가 높은 사람들이 사용하는 물품을 보고 같은 것을 사용하려는 풍조가 생긴 것을 알고 있을 겁니다. 그래서 제품 판매회사에서는 그런 사람들이 제품을 사용하고 있다는 것을 광고하고 있는데 그렇게 소비자의 제품구매에 영향을 끼치는 사람을 주로 '인플루언서'라고 부릅니다.

'influencer'는 영어로 '영향을 끼치다'라는 'influence'라는 단어에 사람을 나타내는 'er'을 붙여 만들어진 것이지요.

내가 써 올린 글이 그런 작용을 하면서 여러분은 '인플루언시(influencee), 영향을 받는 사람'이 된 것이지요.

잘 해야 할 것 같습니다. 여러분이 건강하고 행복한 생활이 되도록 좋은 영향을 끼치는 그런 글을 좀 더 주의를 기울여 쓰겠습니다. 아울러 여러분도 역시 매일 동서남북 아래위 육방에 좋은 영향을 끼치는 '인플루언서'가 된다면 좋겠습니다.

행복한 종말

오후 4시 30분쯤에 교육청에서 코로나 방역 점검을 나왔습니다. 그동안 몇 차례 점검을 나왔습니다만 이번엔 새로운 사람이 왔답니다.

교육청에서 코로나 방역 점검을 나오면 항상 출입자 명부와 방역상황 등을 점검하는데 그 점검원의 표정을 보니 더위 때문인지 지친 모습이 역력했습니다. 더운 날씨에 관내 모든 학원과 교습소를 다니려니 엄청 힘들겠지요!

과거엔 방역 점검을 위해 교육청에서 나왔던 적이 없었는데 그놈의 코로나 때문에 어떤 누구라든지 또는 어떤 곳에서라도 모두 방역에 힘쓰며 버텨낸다는 고통을 겪고 있지요. 버텨낸다는 말을 쓰는 것은 언젠간 틀림없이 회복될 것이라는 희망이 있기 때문이랍니다. 방역 점검을 마치고 돌아가는 교육청 직원에게 물었습니다.

"다른 교습소를 다녀보니 학생들이 많던가요?"

그는 답하길 꺼렸지만 그래도 저를 위로하듯 한마디 해주더군요.

"모두 그렇지요. 몇몇 학생들을 두고 애쓰는 것 같답니다."

나는 약 2년 전에 영어교육을 처음 시작했던 이곳으로 다시 이전해 오면서 처음과 같은 새로운 각오로 영어교육의 '유종지미'를 거두겠다는 생각을 가졌었답니다. 그런데 웬걸 이곳으로 이전하자마자 코로나가 발발하면서 학생모집이 어려워져 그런 계획은 멀어졌고 오히려 발버둥 친다는 단어를 소환하고 말았지요.

어쨌든 심기일전하며 과거 힘들었던 시절에 불렀던 노래인 재기의 '파초'까지 생각하면서 파초를 심으려고 했답니다. 그래서 화원에서 파초를 구입하려 했으나 없다고 하여 대신 '칸나'를 구입했지요. 그렇게 내 곁에 심었던 칸나가 어느덧 꽃을 피웠는데 빨갛게 타오르는 불꽃 같은 그 꽃을 바라보면 마음에 열망이 불사르듯 타오르는 것 같았습니다.

그런 다음 칸나의 꽃말이 무엇인지 궁금해져 인터넷에서 찾아보았습니다.

헐! '행복한 종말'. 아! 어찌하면 좋을까요?

하필이면 '종말'이라니, 기분이 싹 가라앉고 말았습니다.

'종말이 어떻게 행복할 수 있단 말인가?'

그렇게 중얼거리며 '행복한 종말'에 대해 깊이 생각해보게 되었는데 그 순간 그 말이 나에게 딱 맞는 뜻임을 알게 되었답니다.

"이곳에서 시작했던 20년 내 영어교육이 이곳에서 '유종의 미'를 거둘 것이라고 칸나를 통해 미리 알려주는 거로구나!"

그렇지요, 코로나 때문이든 아니든 기쁜 마음으로 열심히 생활하는 겁니다. 그러다가 코로나가 사라지는 날부터 예전의 전성기를 되찾으며 영어교육을 멋지게 마무리하는 '행복한 종말'을 맞이하는 것이랍니다.

제6장

코로나 팬데믹에

사라지기를 바라며

코로나19 바이러스로 인해 침체하였던 사회적 상황이 점차 나아지고 있나 봅니다. 코로나 확산 이후 단 한 명의 학생도 찾아오지 않았었는데 2021년 6월 말과 7월의 첫날에 무려 3명의 어머니께서 상담 전화를 주셨고 그 가운데 한 분은 아들과 함께 직접 오시기까지 했습니다.

공교롭게도 새로 이사한 2019년 10월 15일 뒤 두 달 만에 코로나바이러스가 확산하면서 새로운 학생들은커녕 오히려 기존의 어린 학생들마저 떠나가 버렸었지요. 그리하여 중·고등학생들에게만 전념하며 버텨오는 중이었는데 새로운 학생, 그것도 초등학교 2학년 학생들이 노크하니 앞으로 10년은 더 활동할 수 있을 만큼의 상큼한 에너지가 솟아나는 것을 느낄 수 있었답니다.

그래서 보고 듣고 말할 수 있는 모든 대상에게 감사하는 마음이 부풀어 올랐는데 그것은 약 20년 전 영어교육을 시작했을 때 영어를 배우겠다며 찾아와준 학생들에게 세상에서 가장 큰 고마움을 느꼈었던 그런 마음과 같았답니다.

이제 7월이 잘 시작되었으니, 여름이 좋으면 한 해가 잘 되었던 지금까지의 경험을 볼 때, 적어도 다음 해 6월까지 1년 동안 항상 좋은 일들만 찾아올 것을 기대하며 영어교육을 시작했었던 그때 그 마음가짐을 가질 것입니다.

아울러 부디 모두가 코로나에서 벗어나 좋은 일들이 가득한 활기찬 날들이 펼쳐져 사회적 분위기가 밝아질 수 있도록 코로나19 바이러스가 얼른 사라진다면 좋겠습니다.

1913년 프랑스 식민지였던 알제리 몽드비 출신의 알베르 카뮈가 1947년에 출간한 소설 『페스트』가 있지요.

프랑스 오랑이라는 도시에서 갑자기 쥐들이 죽어가며 독일어로 '페스트'라는 전염병이 퍼져 가는데 지금 우리가 겪고 있는 코로나라는 팬데믹 상황과 비슷합니다.

자신의 입장만을 내세우는 사람들로 인해 우리라는 전체가 한동안 공포 속에 살아가지만, 운명에 잠식당하기를 거부하고 적극적으로 질병과 죽음에 맞서 싸우는 인물들을 통해 결국 페스트를 이겨냅니다.

이미 많은 희생을 치르고 있는 코로나19!

함께 애써야 이겨내고 끝낼 수 있습니다.

진인사대천명

연일 천 명 이상의 확진자가 나오면서 마침내 2021년 7월 12일부터 수도권 거리두기 4단계에 들어가게 되었습니다.

4단계에서는 오후 6시부터 모든 만남이 두 명까지만 허용된답니다. 그 말은 소위 자영업자 등 소상공인들의 매출을 막아버리는 극단적인 규제가 될 가능성이 있는 것으로써 그 규제는 소상공인들이 1년 넘게 받아온 고통에서 벗어날 안간힘조차 빼앗아 가는 꼴이 되겠지요.

내가 운영하는 교습소라든지 학원 같은 사업은 식당업 등의 업종처럼 손님을 수시로 맞이하지는 않지만 단 한 명의 학생이 여러 명의 일반 손님과 같은 꼴이 되어 한 명의 학생과 맺는 관계가 교습소 운영에 꽤나 크게 영향을 끼친답니다.

2019년 코로나가 발생하기 직전에 영어교습소를 지금의 이곳으로 이전했습니다. 그것은 더 잘 되고 싶은 마음에서 이루어진 것이었기에 이전하자마자 몇몇 학생들을 새로 맞이할 수 있어서 좋았지요.

그런데 한해를 넘긴 2020년 초에 코로나가 우리나라 전역에 퍼져나가면서 검은 구름이 몰려왔습니다. 새로 들어온 남매의 어머니가 간호사로 근무하는 병원에 코로나 확진자가 방문했기에 그 병원의 직원들은 모두 자가 격리를 하게 되었답니다. 그러자 그 어머니는 그 사실을 알려주면서 자녀들도 2주 동안 교습소에 가지 못할 거라고 하더군요. 그래서 규정에 따라 그 학생들과 함께 수업받았던 학생들에게 그 사실을 알려주며 혹시 몸에 이상이 생긴 것 같으면 어른들께 말씀드리고 조심하라고 했답니다.

그런데 며칠 지나 집에서 쉬고 있던 어린이가 잠시 밖에 나오자 이를 본 교습소에 나오던 같은 반 어린이가 그 어린이를 '코로나'라고 부르면서 가까이 오지 못하도록 했답니다. 그러자 그 어린이는 울며 집에 가서 그의 어머니에게 그 사실을 말했다는군요. 그의 어머니는 즉시 전화하여 왜 그 얘기를 다른 학생들에게 말해서 자기 자녀들이 놀림을 받게 했느냐며 놀린 학생의 어머니 전화번호를 알려달라고 했습니다.

그리고 그 어머니는 놀린 어린이의 어머니에게 전화해서 자식 교육을 똑바로 시키라는 식으로 말을 했다는군요. 그 일로 구설에 휘말림과 동시에 두 반의 학생들을 모두 떠나보내는 상황을 맞이하고 말았습니다.

별걸 다 겪게 하는 코로나!

20년 가까이 영어교습소를 했지만 그런 일은 처음 경험했는데 나중에 교습소 경험담을 얘기할 기회가 생긴다면 코로나와 함께 기억될 내용이겠지요.

어쨌든 그 이후 어린이가 중심이 되는 그 반들을 재건하기 위해 새로운 준비에 나서려는데 우리나라 사람들의 코로나 백신 접종률이 높아지고 경제활동이 살아나는 듯해서였는지 6월 말에 3명의 어머니가 전화상담을 해왔거나 직접 찾아오면서 희망이 생겼지요.

그런데 며칠 후 코로나 변이 바이러스 델타가 확진자 수를 증가시키더니 결국 4단계가 발표되었습니다. 그리고 1,000명을 넘어서는 확진자 수가 알려지면서부터 마음이 영 불안했었는데 상담을 마쳤던 어머니들로부터 등록을 연기하겠다는 전화가 이어졌답니다. 그때의 실망감은 세상이 원망스러울 정도였지요. 아마 다른 자영업자들도 거리두기 4단계 발표를 들었을 때 거의 똑같은 마음이 들었을 겁니다.

다시 마음을 비워봅니다. 그러면서 진인사대천명의 자세로 몇몇 중·고등학생들을 가르치는 것에 열정을 쏟을 것입니다. 그리고 교습소 문을 응시한다든지 새로운 전화번호가 찍힌 전화기의 울음에 귀를 기울이는 일도 계속되겠지요.

하지만 근본적으로 코로나가 사라지게 해달라는 바람이 무엇보다 먼저일 겁니다.

체계적 사고

아버지의 두 번째 기일을 맞아 어머니 댁에서 동생들과 제사를 올렸습니다. 그런 다음 동생들은 각자 집으로 돌아갔지만 나는 어머니를 위로할 겸 어머니와 함께 잠자리에 들었지요. 하지만 이내 잠이 오지 않아 지난날을 되돌아보았습니다.

나는 여름을 꽤나 조심스럽게 보내는 편입니다. 그 이유는 지금까지 살아오면서 여름에 좋든 나쁘든 새로운 일이 시작되는 경우가 많았기 때문이랍니다. 그래서 언젠가부터 여름에 접어들면 긴장하며 뭔가에 대비하는 자세를 갖추곤 했답니다.

그런 경험에 따라 이번엔 특히 코로나로 인해 학생이 줄어들어 시간적 여유가 생겼기 때문에 '독서 논술'과 '글쓰기' 그리고 '주니어 영어' 지도사에 대해 전문기관이 개설한 강의를 수강했답니다. 그리하여 과목 별로 매회 30분 정도 시간을 들여 25차례 강좌를 수강한 뒤 시험을 치러 합격과 동시에 과목별로 지도사 자격을 취득하게 되었지요.

그런데 그 과목들을 공부하면서 더 큰 소득이 있었다고 생각했는데 그것은 '체계적 사고'의 습득이었답니다.

체계적이라는 낱말의 의미는 '일정한 원리에 따라서 낱낱의 부분이 짜임새 있게 조직되어 통일된 전체를 이루는 것'을 말합니다.

그동안의 삶은 많은 부분에서 주먹구구라든지 임기응변식이었지 계획을 세워 체계적으로 살아오지 않았다는 것을 자인하지 않을 수 없답니다. 이제 그것을 알게 된 순간 마음의 자세가 달라졌는데 심지어 놀고 쉬는 것조차 체계적으로 할 만큼 변화했지요.

사람이 100년을 사는 시대가 되었으니 직업도 3개 정도는 필요할 것입니다. 지금껏 살아오면서 부족했던 체계적 사고 때문에 좋은 기회들을 많이 놓쳤습니다. 이제 그것을 깨달았으니 남아 있는 삶에 큰 도움이 될 것이라고 확신합니다.

그러면서 영어를 익히고 있는 학생들에게 체계적인 사고가 형성되도록 영향을 끼칠 것입니다. 실제로 100년의 삶은 그들에게 더 적용될 것이기에 그들에게 다가올 80년 이상의 삶은 훨씬 더 가치 있게 될 것입니다.

입대

"선생님, 저 군대 가요!"

일찍 수업을 마치고 전철을 타고 귀가하던 중 규진으로부터 전화가 왔습니다.

올해 대학에 입학한 규진은 코로나 때문에 대학생이 된 변화도 크게 느끼지 못하고 정체된 생활을 했을 것 같았네요. 그러니 어차피 병역의무를 해야 할 것이라면 그런 시기에 군 복무하는 것이 더 좋겠다는 생각도 들었답니다.

규진은 초등학교 2학년부터 고등학교 3학년까지 저와 영어를 익혔기에 정도 많이 들어 제 목숨이 다하는 날까지 규진이가 잘되도록 지켜봐 주고 싶답니다. 그래서 규진과 함께 영어를 익혔던 후배들과 저녁 식사를 하기로 했지요.

전철을 타고 가는 내내 입대했던 사연이 기억났습니다. 대학 1학년 때인가 수원에서 신체검사를 받았는데 폐결핵에 걸려 군복무를군 복무를 못 할 것이라는 판정을 받았었습니다. '폐병 환자'라는 말을 듣고 하늘이 무너지는 것 같았지요.

어쩌면 그것을 이용해 군 복무를 하지 않겠다는 사람들도 있었을 것입니다만 나는 군 복무를 하는 것이 나라를 위함과 동시에 정상적인 사람으로 대접받는다는 생각을 가졌기에 이후 1년 동안 약과 주사를 맞으며 정성껏 치료받았답니다. 그리고 그런 다음 대학 3학년 1학기 중에 공군에 지원하여 당당하게 군 복무를 마치면서 '나는 정상적인 사람'이라는 자부심마저 품게 되었지요.

그런데 요즘 군대에서 못된 일들이 발생하는 것을 보면서 내가 공군에서 군 복무했을 때 인권을 유린당하며 하인처럼 대우받았던 것이 생각났습니다.

왜 우리는 군 복무를 고생으로 간주하면서 인생을 허비하는 시간으로 보내야만 하는 것일까요?

소위 나라를 위해 목숨 바친 것인데 뭔가 근본부터 잘못된 것이 아닌가요?

나라를 대표해 올림픽에 출전하는 선수들보다 오히려 훨씬 더 잘 먹게 하고 더 좋은 병영문화를 제공해야 하는 것이 아닌가 하는 생각마저 듭니다. 또한 올림픽에 출전했던 선수들의 경력이 사회생활에서 일순간 베네핏이 되듯 나라를 위해 목숨을 바쳤던 군 복무가 그 이상의 가치가 되지 못할 이유가 없다고 생각합니다.

그런 것을 살피고 제대로 정책을 마련하여 실행한다면 국민으로부터 존경받는 대통령이자 국방부 장관 그리고 장성들이 될 것입니다. 대한민국 군 복무에 관한 일들이 모두 개선될 수 있기를 바랍니다.

한편 규진은 고등학교 2, 3학년 때 가끔 머리가 아파 병원에서 검진도 받는데 군 복무를 하며 그런 것들도 깨끗이 사라지고 건강하게 돌아올 수 있기를 규진이 부모님만큼의 마음으로 빌어봅니다.

입영 송별회

　입대를 앞둔 규진이와 저녁 식사를 하기 위해 5시부터 하는 고등학생들과의 수업을 빼고 모두 함께 만났답니다. 코로나로 인해 오후 6시부터는 3명 이상 함께 있을 수 없기 때문이었지요. 처음 계획은 6시까지 저녁 식사를 함께 하고 고등학생들이 떠난 뒤 규진과 둘이서 규진이 좋아하는 야채통닭을 먹으며 술을 마시기로 했답니다. 그래서 장소를 신포시장 인근의 '골목식당'에서 '우무'와 '칼국수'를 먹고 신포시장 내 야채통닭집으로 이동하기로 했지요.

　그렇지만 규진이가 피자가게에서 아르바이트를 하기 때문에 두 시간 정도 있다가 돌아가야 한다고 하기에 골목식당에서 식사만 한 뒤 시장 입구에 있는 카페에서 음료를 마시는 것으로 계획을 변경했답니다. 카페에서 카페라테를 주문하고 몇 모금 마시다 보니 금방 6시가 되어 고등학생들은 규진에게 '군 복무 건강하게 잘하라'는 말을 남기고 먼저 떠나야 했습니다.

　별 희한한 세상을 사는 것 같았지만 금세 적응하고 둘만이 남아 얘기를 계속했습니다. 규진은 호텔경영학과 1학년 1학기를 마치고 '해양의무경찰'에 지원하여 입대하게 되었답니다. "선생님, 제가 해양 의경에 지원한 것은 그곳에서 군 복무를 마치면 해양경찰이 되는데 가산점을 준다고 해서 해경이 되려고 그런 것이랍니다."

그 말을 듣고 나는 조금 놀란 표정으로 말했습니다.

"세계적인 호텔리어가 되겠다는 계획은 어떻게 하고? 내가 볼 때 너는 그 직업이 잘 어울릴 것이기에 대학을 그 과로 잘 선택했다고 생각했는데!"

규진은 이런 대화를 많이 해본 것처럼 거침없이 말을 이어가더군요.

"취업이 불투명한 시기라서 일단 해경 시험에 합격해놓으려고요. 우선 살아갈 방법을 찾아 놓아야겠다는 생각에 어차피 군 복무를 해야 하니 그렇게 한 것이랍니다."

나는 속으로 규진이 야무지다고 생각했지만 딱 한 가지 얘기만은 해주고 싶더군요.

"세상 살다 보면 많은 변화를 겪을 수밖에 없더라. 너도 벌써 1년도 지나지 않아 진로를 바꾸겠다는 변화를 하게 되었잖니? 그러니 앞으로도 수많은 변화가 따를 텐데, 아무리 많은 변화가 있더라도 기본적인 것과 나만의 것은 지켜야 한단다. 나의 경우 부족한 점이 많았지만, 대학을 졸업했다는 것이 얼마나 다행이었는지 모른단다. 대학원과 유학을 할 수 있었고 방송사에 입사하거나 지금처럼 영어를 가르칠 수도 있었잖니? 살다 보면 세상은 또 어떻게 바뀔지도 모른단다. 그러니 우선 건강하게 군 복무를 마치겠다는 마음을 갖고 학교를 그만두겠다는 생각은 갖지 않는 것이 좋을 것 같단다. 이 세상의 많은 여행자가 세상 끝에 있는 아무리 작은 호텔에서라도 너의 서비스를 받기를 원할지도 모르잖니?"

우리의 이런 대화도 규진의 피자가게가 바빠졌다는 규진 동료의 전화를 받음과 동시에 마무리할 수밖에 없었답니다. 나는 규진을 수인 전철 신포역까지 바래다주고 신포시장 일대를 돌아보며 생각했습니다.

군대도 직업과 연관 지어 선택하게 되었고 입대가 결정되었는데도 아르바이트 때문에 술 한잔 나누며 'Bon voyage'를 말해주지도 못하니 나 자신만 어리바리해지고 말았답니다.

그러면서 할매순대국 집 앞에 이르자 추억이 떠오르더군요.

친구 '동욱'이가 공군에 자원입대하게 되어 그곳에서 송별회를 했었답니다. 여러 친구와 함께 막걸리를 나눠 마신 뒤 거기서부터 석바위까지 동욱과 규성 셋만이 남아, 어깨동무하고 이수만의 노래 '모든 것 끝난 뒤'를 동욱의 집까지 걸어가며 불렀지요.

"하늘엔 한 점의 구름이 떠가고 철둑길 건너고 산을 넘는 들길에 먼 기적 소리만 홀로 외로워도 나는 이 자리를 떠나지 않으리 누구를 기다리나 무엇을 바라는가 모든 것 끝난 뒤."

해병 제자

　해병대에 입대하여 군인 신분이 된 제자와 함께 신포시장 내 '할매 순대국 집'을 찾았답니다.

　스무 살의 나이에 처음 그곳을 알게 되었는데 태권도를 하던 시절, 지금의 인천광역시 태권도 협회 이화현 회장이 우리를 데려갔던 곳이 었지요.

　그 순댓국집은 당시 용동 마루턱에 있었던 석화 다방에서 친구들 이 올 때까지 죽치다가 다 모이면 갔었던 곳이랍니다. 그곳에서 우리 는 순댓국과 막걸리를 시켜놓고 젓가락으로 상을 두드리며 노래를 부 르곤 했었는데 그곳은 그야말로 우리의 젊음을 발산할 수 있었던 곳 이었고 해병대 출신 화현 형이 해병대 기질을 펼쳤던 곳이기도 했답 니다.

　그 기질을 말로 다 표현할 수는 없지만 어쨌든 그 기질을 알게 되 면서 해병대를 별로 좋게 생각하지 않아서였는지 우리 가운데 누구 도 해병대에 입대한 친구가 없었답니다.

　그런데 규석이란 이름의 제자가 해병대원이 되어 나타났지 뭡니까. 그의 머리카락은 해병대의 상징인 도토리처럼 깎였지만, 그에게서는 도통 과거에 화현 형을 통해 보았던 해병대 기질이 전혀 보이지 않았 습니다.

옛날에 동인천 일대에서는 해병대원들이 동인천역 광장 한가운데서 소변을 본다든지 타 군인들을 폭행할 정도로 거칠게 행동했답니다.

그런데 제자라서 그런지 그런 분위기는 도무지 찾아볼 수 없었고 오히려 학창 시절보다 더 점잖고 듬직하게 변한 모습에 놀랍기만 했지요.

그래서 나는 제자에게 옛날에 간접적으로 겪었던 해병대 기운을 말로나마 전해주기 위해 그 옛날 소위 개병대 출신의 화현 형과 또한 태권도를 함께 했던 친구들과의 추억이 배어있는 신포시장 일대를 배회하다 할매순대국 집에 들어갔습니다.

예전 순댓국집을 지키셨던 아주머니는 현재 94세로 벌써 은퇴하셨고 대신 머리가 하얀 60대 초반의 아들이 직접 가공한 족발과 머리고기를 내세워 운영한답니다. 내부구조는 안쪽에 있었던 방이 주방으로 바뀐 정도의 변화만 있지 본래 그 크기 속 규모는 그대로랍니다.

규석과 나는 순댓국과 족발, 소주를 주문했습니다. 예전에 우리는 막걸리를 마셨지만 규석이가 막걸리를 좋아하지 않을 것 같아서 그랬답니다.

소주병 수가 늘어나면서 규석의 군 생활 얘기도 깊어졌습니다. 그러다가 문득 화현 형 생각이 나서 형에게 전화하여 할매순대국집에 온 것과 해병대 후배인 규석에 대해 얘기를 해주면서 규석과 통화할 수 있도록 전화를 바꿔주었답니다.

그랬더니 두 사람은 기수와 부대 위치에 관한 내용을 시작으로 친근하게 대화를 나누더군요. 나이 70세와 21세 사이에 차이를 느낄 수 없는, 역시 '한 번 해병은 영원한 해병(Once a marine, always a marine)'이었습니다.

다시 나와 규석과의 대화에서 규석은 자신의 부대에서 막내이기 때문에 몹시 힘들다고 했습니다. 비록 구타는 없어졌지만, 선임들이 정신적으로 너무 힘들게 만든다고 하더군요.

아닌 게 아니라 그와 만나는 동안 선임들이 계속 카톡을 보내와 응답하느라고 대화도 나눌 수 없는 지경이었답니다. 안타깝게도 내가 해줄 수 있는 것은 제대라는 좋은 날을 기다리며 견디라는 형식적인 말뿐이 없었네요. 그래도 그 말에 규석은 자기가 선임이 되면 자신이 당하는 것과 같은 그런 상황들을 없애겠다는 긍정적인 대답을 해주어 고마웠답니다.

우리는 코로나로 인한 영업 단축에 따라 그 자리를 마치고 각자 귀가하기로 하여 동인천역까지 함께 걸었습니다. 그러면서 규석의 군생활 얘기를 더 들었고 젊은 시절 내가 보냈던 동인천 일대에서의 추억을 말해주면서 규석이 귀대 날에 맞추어 잘 귀대하기를 바라며 헤어졌지요.

동인천 뒤 역에서 규석은 택시를 잡는다고 했고 저는 전철을 탔습니다만 과하게 마신 술 때문이었는지 잠들고 말았답니다.

행운은 인생의 필수

　2021년 7월 25일 저녁에 KBS 제1TV에서 제2TV로 옮겨가며 중계된 일본 도쿄올림픽 여자 탁구 개인전에서 17세 우리나라 신유빈 선수와 58세의 룩셈부르크 니시아리안 선수의 경기를 보면서 신유빈 선수의 팬이 되었지요.

　신유빈 선수는 41살이나 더 많은 나이를 먹은 니시아리안 선수를 세트 스코어 4대 3으로 이겼답니다. 그녀는 첫 세트를 놓쳤으나 시간이 갈수록 니시아리안 선수를 연구하고 배우며 최선을 다한 끝에 역전승을 거두었지요.

　신유빈 선수에게 잘했다는 말과 올림픽 동안의 경기를 넘어 인생을 응원하겠다는 말을 전하고 싶네요. 니시아리안 선수도 경기가 끝난 뒤 신유빈 선수를 칭찬하며 앞으로 큰 선수가 될 것이라는 격려를 해주었다고 합니다. 신유빈 선수가 우선 탁구에 있어서 그렇게 되기를 바라면서 그녀의 인생까지도 잘 펼칠 수 있기를 빌어주고 싶답니다.

　신유빈 선수의 경력을 보니 중학교만 졸업하고 탁구를 더 잘 하기 위해 고등학교 생활을 하지 않은 것으로 알고 있습니다. 그만큼 탁구에 열정을 가지고 있다는 것으로 이해되지만 보편적이 아닌 특이한 삶을 선택한 셈이네요.

　그렇게 해서 나중에 탁구 지도자로 인생 전체를 보낼 수도 있겠지만 다양한 특기와 취미를 가진 여러 사람과 잘 어울려 살기 위해서는 다른 사람들의 것도 이해할 때 정신적인 부분까지 행복이 들어찬 인생을 살게 될 것이라고 봅니다.

그래서 신유빈 선수에게 바란다면, 먼저 자신과 승부를 펼쳐 패배한 선수의 입장이 되어주고 그 마음을 헤아려야 합니다. 그래야 교만과 오만 그리고 아집이 생기지 않으면서 더 크게 성공할 수 있으며 인생의 진정한 승자마저 될 수 있을 것이랍니다.

나는 내가 살아온 과정의 일들에서 그런 것을 지키지 못해 실패하면서 많은 원망과 함께 하루하루를 살아왔답니다. 그러던 중 선지자들의 이야기를 듣거나 그들이 쓴 책들을 읽고 늦게나마 깨닫고 감히 이런 말을 하게 되었지요.

신유빈 선수의 인생 마케팅은 순수로부터 시작된 것 같습니다. 그녀가 올림픽에 출전하기 위해 공항에 들어왔을 때 코로나를 피하기 위한 특이한 방역 복장을 해서 눈에 띄었는데 그것은 그녀가 순수했기 때문이었을 것입니다. 그리고 나서 나이 많은 니시아리안 선수와 경기하게 된 그 자체가 큰 관심을 불러일으켰고 그 경기에 이김으로써 모든 사람의 뇌리에 강렬한 인상을 심어주었지요.

만일 신이 있다면 특히 니시아리안 선수와 경기를 갖게 한 것도 신유빈 선수를 성공하게끔 만들어주는 행운과도 같은 것일지도 모릅니다. 사람의 일은 사람이 계획하지 못하는 가운데 만들어지는 경우가 많다고 하지요. 그래서 예상치도 않게 일이 잘 풀리면 운이 좋아서 그랬다고 말하는데 그렇게 말할 수 있는 것은 겸손하기 때문일 것이랍니다.

신유빈 선수가 그런 것들을 긍정적으로 받아들이며 선수 활동을 한다면 세계 최고의 전설적인 탁구선수가 될 수 있는 것은 물론 인생의 다른 면에서도 바라는 만큼 성공이 이루어질 것으로 생각합니다.

인생에서 순수와 겸손은 행운이 찾아오게 하지요. 그리고 행운은 인생의 필수랍니다.

굳건한 의지

'우상혁' 선수 덕분에 잠시 지난날을 되돌아보며 인생을 더 새롭게 살아야겠다는 각오를 했답니다.

2022년 3월 20일(현지 시각) 세르비아 베오그라드 스타크 아레나에서 열린 2022 세계 실내육상선수권대회 남자 높이뛰기에 출전한 국군체육부대 소속 26살 우상혁 선수가 결선에서 2m 34cm를 성공해 금메달을 차지했습니다. 2021년 8월 1일 일본 도쿄올림픽 육상부문 높이뛰기에도 출전했던 그는 2미터35센티미터를 날아올라 세계 4위를 기록했지요. 비록 메달을 따진 못했지만, 자신의 기록이었던 2미터 31센티미터보다 4센티미터 그리고 1997년 이진택 선수가 보유했던 기록인 2미터 34센티미터보다 1센티미터 더 높이 날아올라 우리나라 신기록을 수립했답니다.

그런데 그런 기록을 세운 우상혁 선수는 여덟 살 때 택시 바퀴에 오른발이 깔리는 사고로 오른발이 왼발보다 작은 '짝발'이 되었다고 하네요. 그런데도 그는 높이뛰기 선수가 되기 위한 노력으로 셀 수 없을 만큼의 도전을 하며 변화해왔다고 합니다. 우상혁 선수가 앞으로도 도전을 계속하여 그의 목표가 성취될 수 있도록 열렬한 응원을 보냅니다.

흔히 '부'를 두고 '금수저'라는 단어를, '지능'과 '재능'에 '타고난' 그리고 운동에 있어서는 '선천적인 신체조건'이란 단어를 붙여 말합니다. 하지만 조건이 좋지 않았어도 이루겠다는 뜻을 두고 적극적으로 나선 결과 좋은 조건을 갖고 시작했던 것보다 훨씬 더 발전했던 사람의 예가 많이 있지요.

요즘 TV 프로그램에서는 그런 소재의 이야기를 많이 방송합니다. 부자가 된 사람들을 찾아 그들이 성공하게 되는 과정을 다큐멘터리나 드라마처럼 만들어 보여주고 있지요. 그런 프로그램은 젊은이에게 꿈이나 자극이 되어 또 다른 그런 사람을 탄생하게 하거나 어떤 일에 실패하고 실의에 빠진 사람에게 새롭게 일어날 용기를 북돋아 줄 수도 있을 것입니다.

실제로 그와 같은 TV 프로그램을 보고 영향을 받아 재기한 부부를 만났습니다. 그들이 다시 일어설 수 있었던 것은 실패 이후 절망적 상황에서 돈이나 특별한 기술의 뒷받침이 있어서가 아니었답니다. 그대로 있다가 죽거나 변화를 취하다 또 실패하여 죽거나 모든 것으로부터 떠나는 것 이외에는 다른 선택의 여지가 없었던 덕분이었다고 합니다. 생활가전조차 차압당해 아무것도 가진 것이 없게 된 중년의 나이에 남편이 떠날 뜻을 말하자 아내 역시 기다렸다는 듯 받아주어 함께 행동에 나설 수 있었다는군요.

그들은 인생을 다시 시작하겠다는 각오로 농사가 시작된 봄날에 아내 고향 근처의 어느 농촌을 찾아 농사일을 돕기 시작했답니다. 그러면서 3년 정도를 여러 농촌과 과수원에서 보내며 농산물에 대한 지식을 쌓은 뒤 유통을 생각하게 되어 농산물을 직접 도시에 팔 계획을 세웠다는군요. 그리하여 동인천역 인근에 청과물 가게를 열어 그들이 일했던 산지로부터 과일과 야채를 직접 받아와 저렴하게 팔았답니다. 그들은 그런 식으로 청과물 판매를 시작한 지 4년 만에 작은 가게가 딸린 건물을 사서 그곳에서 살면서 장사를 계속하고 있습니다. 판매는 주로 아내가 맡고 남편은 과거 일하며 인연을 맺었던 산지의 생산자와 또한 그들이 소개해주는 다른 생산자들의 농산물을 직접 받아와 공급한답니다.

그들은 말합니다. "일이 잘못되어 생활에 변화가 생기지만 결국 변화는 자신이 해야 하는 것이지요. 그렇다고 변화의 결과가 다 좋은 것이 아니라 변화를 향한 마음이 흔들리거나 무너지지 않도록 굳건한 의지를 다져야 제대로 된 변화가 이루어지고 생활 또한 나아질 수 있을 것이랍니다."

우상혁 선수가 금메달을 차지할 만큼 뛰어난 선수가 될 수 있었던 것은 아마 중년 부부처럼 무엇보다 의지를 잘 지켰기 때문이었을 것입니다. 변화에 실패한 사람들을 살펴보니 변화를 지속할 끈기가 없었더군요. 변화를 원한다면 변화를 위해 먼저 굳건한 의지를 유지하는 것이 절대적으로 필요합니다.

방글라데시인

"영어 배울 수 있나요?"

퇴근을 준비하고 있는데 어떤 사람이 노크도 없이 문을 열었습니다. 모습을 보니 30대 초반의 동남아시아 사람이었어요. 그의 갑작스러운 등장에 아무 말도 하지 않고 일어서기만 했답니다.

그러자 그는 교실 안쪽에 한 발을 들여놓으며 또 말하더군요.

"여기서 영어 배울 수 있지요?"

그제야 나는 그에게로 걸어갔습니다. 다른 때 같으면 얼른 맞이하며 테이블에 앉으라고 권했을 텐데 '코로나'로 인해 낯선 사람에 대한 경계심이 있어서 그랬는지, 아니 솔직히 말해 그가 동남아시아인의 모습이었기 때문에 그랬답니다.

"어느 나라 사람인가요?"

"방글라데시 사람입니다."

그의 한국어 능력이 좋다는 생각이 들었습니다.

"언제 왔는데요?"

"8년 전에 왔습니다."

대화가 시작되었지만 들어오라고 하지 않고 그저 문 앞에 선 채 얘기를 계속 나누었지요. 코로나 때문에 그런 것인데 아주 잘못했던 것이랍니다.

"회사에서 일하나요?"

"목재단지에 있는 회사에서 일하고 있습니다."

마치 면접관처럼 질문은 계속됐습니다.

"그런데 왜 영어를 배우려고요?"

"제 아내가 6개월 후에 한국에 온답니다. 방글라데시에서 대학원을 마치고 한국에서 박사과정을 공부할 것입니다. 그런데 그 대학에서 박사학위를 받으려면 높은 토익성적이 필요하다고 해서 미리 공부할 수 있도록 제가 알아보는 중입니다."

그는 내가 마치 한국말을 잘 못 알아들을까 봐 그러는 것처럼 또박또박 말해주었습니다.

"대단하네요. 그런데 아내의 한국어와 영어 실력이 현재 어느 정도 되는지요?"

"아내는 경제학을 공부하고 있는데 영어 실력이 저보다 좋을 겁니다. 그리고 아내가 방글라데시에서 한국어 능력 시험을 보았는데 200점 만점에 170점을 받아 한국어를 알아듣는 것에는 문제가 없답니다."

"참 이름이 뭔가요?"

"사마릅니다"

"사마르 씨는 어느 정도 영어를 하는데요?"

"저도 방글라데시에서 대학을 나왔는데 영어로 웬만한 대화는 할 수 있답니다."

"그럼 우선 토익 문제로 영어 능력을 알아볼까요?"

나는 얼른 가서 문제집을 가지고 와서 그와 함께 복도로 나갔습니다.

"이 문제를 읽고 답을 맞혀볼래요?"

그는 내가 제시한 문제를 읽으며 빈칸에 들어갈 단어를 답에서 고르는 것 없이 바로 넣어서 읽었습니다. 그것은 마치 우리가 국어 문제를 읽음과 동시에 이해하며 답을 넣는 것과 같은 것이었습니다.

그때부터 나는 그에게 호감을 느끼기 시작했습니다. 그러면서 영어로도 대화를 나눴으나 그의 방글라데시 방식의 영어 발음에 알아듣기 어려운 부분이 있었지만, 막힘없이 표현하는 것에 놀라웠습니다.

"아내와 어떻게 그런 계획을 갖게 됐나요?"

"저는 방글라데시에서 대학을 졸업한 뒤 결혼했는데 아내와 연애하면서 아내가 똑똑하다는 것을 알고 있었습니다. 그때 아내도 학생이었는데 공부를 잘했기 때문에 방글라데시의 지도자가 되기를 바랐습니다.

그래서 제가 한국에 연수생으로 와서 돈을 벌어 아내에게 보내주며 아내가 계속 공부할 수 있도록 해주었답니다.

그 결과 아내는 경제학을 공부하여 대학원에서 석사학위를 받았답니다. 그리고 박사학위를 받기를 원해 한국에서 저와 함께 생활하며 공부하기로 계획하여 아내가 6개월 뒤에 한국에 오게 되었답니다.

제가 한국에서 7년 이상 일했기 때문에 가족이 한국에 오는 게 가능합니다. 아내가 오면 저도 영어 발음을 미국식으로 고쳐서 나중에 아내가 박사학위를 받고 함께 귀국하게 되면 저도 방글라데시에서 영어학원을 차릴 계획이랍니다. 방글라데시에서 교육사업은 높은 수익을 보장하기 때문에 아내가 오면 저도 같이 토익을 배우려고요."

그의 얘기를 듣는 내내 가슴속에는 놀람과 감동의 샘이 흐르기 시작했습니다. 그리고 한편으로는 머리에 번개가 친 것 같았습니다.

그의 모습을 살펴보고 그의 말을 들어보니 그들의 드라마 같은 계획이 실현될 것 같았고 꼭 그렇게 되기를 바랐습니다.

그는 그렇게 저의 정신을 흔들어놓는 강한 메시지를 남겨놓고 가버렸습니다.

그에게 올바로 대접하지 못했던 것이 미안했습니다.

그가 다시 올까요?

친절 본위

　방글라데시에서 온 남성이 영어교습소를 다녀간 것이 잊히지 않고 자꾸만 기억나네요. 그런데 그의 방문에 따른 그와 만남이 '여운'이었으면 좋았을 걸 반대로 그를 무시했던 미안함 때문에 '여파'가 되어 마음이 그다지 좋지 않답니다.

　90세가 지난 전혜성 교수님의 『가치 있게 나이 드는 법』이란 책에서 그분이 미국에서 유학하던 중 한 여성으로 겪었던 어려움에 관해 쓴 내용을 읽으면서 유학 생활을 했던 나도 크게 공감했답니다.

　그래서 나는 '역지사지'의 마음으로 한국에 온 외국인들에게 조금도 그렇게 하지 않겠다고 마음먹었는데 그만 결정적인 순간에 실수하고 말았지요.

　하지만 이미 지나간 것을 어떻게 합니까?

　다만 크게 반성하며 앞으로 다시는 그러지 않겠다는 다짐을 하면서 방글라데시 그 젊은이가 남긴 사연을 고찰해봅니다.

　자신의 인생에 그의 아내를 초대하여 함께 국제적 생활을 하며 그들에게 부여된 운명과도 같은 출생의 한계를 넘어 꿈을 이루려는 계획!

　그것은 보통 사람이 세우기 어려운 것이지만 그 얘기를 듣고 나도 그렇게 할 수 있다는 의지 같은 것이 생겼지요. 그러면서 난생처음 다시 태어나고 싶다는 생각도 했답니다.

그래서 내가 해외에서 사는 동안, 방글라데시에서 온 그가 꿈을 이루기 위해 한국에서 힘들게 보내는 것처럼 내 꿈을 이루기 위해 그 모든 것을 견뎌내며 열심히 할 것이라는 마음을 먹기까지 했지요.

그러나 그것은 다시 태어난 다음의 일이고 지금은 그저 지금의 일에 충실하며 최선을 다하렵니다.

그러기 위해 방글라데시 그 친구와의 만남이 내 삶을 영글게 하는 소중한 양분이 될 수 있도록 많이 애쓸 것입니다.

그래도 내게는 아직 할 일이 있고 생각도 젊은가 봅니다. 앞으로의 날들엔 제대로 잘하라는 뜻으로 그런 일들이 찾아오고 또한 그에 따라 그런 감정들이 일어나고 있으니 말입니다. 열심히 하겠습니다. 특히 어떤 사람에게든 친절하게 대하는 것을 우선으로 하는 친절 본위를 지킬 것이랍니다.

두 번의 자가 격리와 확진

"선생님, 우리 학교에 코로나에 확진된 학생이 발생했는데 저희가 그 학생과 접촉했기 때문에 검사받았어요. 다행히 저희는 음성이지만 자가 격리 때문에 학원에 못 가요."

수업 도중 걸려 온 고등학교 2학년 학생의 예상치 못했던 전화에 화들짝 놀라며 그들에게 곧 닥칠 중간고사가 걱정스러워졌습니다. 고등학교 2학년 2학기 시험 성적은 대학 수시입학을 위한 내신 평가에서 매우 중요하답니다. 1학년과 2학년 1학기에 받았던 내신 성적을 과목별로 분리하여 자신이 원하는 대학과 학과에 맞추어 전 과목이나 해당 과목의 부진했던 성적을 높여야만 합니다. 그러면서 또한 다가올 2학년 2학기와 3학년 1학기 시험에서도 좋은 성적을 유지해야만 하지요.

그래서 10월 초에 있게 될 중간고사를 위해 전력을 다해왔으며 추석 연휴와도 상관없이 수업을 계속할 계획이었답니다.

그런데 이제는 어쩔 수 없이 자가 격리를 하는 그들이 스스로 공부해야만 하겠네요. 그러면서 그들이 각자 공부하면서 전화로 물어오면 답을 해준다든지 그들이 집에서 꾸준히 공부할 수 있도록 용기를 북돋아 주거나 해야 할 것 같습니다.

코로나19가 발생한 뒤 몹시 조심스럽게 살아온 2년 가까이 되돌아보니 "우리는 무엇인가를 하기 위해 살았던 것이 아니라 살아남기 위해 살아왔다."라는 생각마저 들더군요.

집에서 조용한 추석을 보냈습니다. 그리고 며칠 뒤 자가 격리 조치 당했던 고등학교 2학년 학생들이 격리 해제되면서 돌아오니 반가웠고 생기가 도는 것 같았답니다.

그들이 없던 날들은 허전하고 무료했던 것이 마치 나 자신이 격리된 기분이었지요. 그랬기 때문에 그들을 보는 순간 나의 격리가 해제된 것 같아 좋았습니다.

그렇게 돌아온 학생들과 시험 범위에 맞추어 제대로 수업을 마친 뒤 드디어 시험 기간에 들어가게 되었답니다. 영어시험이 맨 마지막 날이었기에 시험 전날까지 한 번 더 복습한 뒤 시험 잘 보라며 헤어졌습니다.

다음 날 아침 전화가 왔습니다.

"선생님, 학교에 오자마자 학생 가운데 한 명이 코로나에 걸려 영어시험이 연기됐어요. 그리고 저희도 또 자가 격리에 들어가게 됐어요."

"오래 살다 보니 별걸 다 경험하네!"

어른들이 했던 말이었는데 이젠 내가 그런 말을 불쑥 하게 되었네요. 세상에 불과 한 달을 가운데 두고 두 번이나 자가 격리를 당했는데 특히 이번엔 중간고사를 치르는 중에 발생했답니다.

다시 2주간의 자가 격리를 마치고 돌아온 그들에게 격리 기간에 무엇을 했냐고 물었지요.

"잠을 원 없이 잤고요 '오징어 게임'을 비롯한 영화를 보았으며 영어시험 공부도 좀 했습니다."

그러면서 영어시험은 금요일에 치러진다고 하여 당연히 영어시험

범위를 다시 들여다보았다고 하더군요.

그들은 자가 격리가 너무 싫었다면서 오는 토요일에 코로나 예방주사도 맞게 되었고 11월부터 코로나와 함께 사는 세상이 된다고 했으니 자가 격리되는 일은 없을 거라고 했답니다.

한참 팔팔한 나이에 한 번도 아니고 두 번씩이나 모두 4주 동안이나 갇혀있었으니 힘들었을 겁니다. 그들은 집에 가기 위해 문을 열고 나서며 말했습니다.

"앞으론 그런 일이 없기를 바라며 우선 영어시험을 잘 치를 겁니다."

그러나 정현은 3학년 1학기 중간고사를 앞두고 끝내 코로나에 걸리고 말았답니다. 정현의 어머니를 포함하여 국민 천만 명 이상이 코로나에 걸린 때 정현도 피할 수 없었던 모양입니다. 다행히 집에서 줌을 통해 학교 수업을 받으며 코로나도 가볍게 겪었다는데 어쨌든 코로나의 경험은 학창 시절의 추억이 될 것 같네요.

계양산 전통시장

올해는 과일 농사가 잘되었나 봅니다.

재래시장과 동네 마트에서 판매되는 배와 사과, 포도 등의 상태가 좋아 보였고 가격 또한 저렴한 것 같았습니다.

국민지원금을 받았기에 평소 먹고 싶었던 꽃게를 사려고 내가 사는 계양구의 과거 '병방시장'이라고 불렀던 '계양산 전통시장'에 가보았더니 사과를 비롯한 각종 과일이 판매대 또는 땅바닥에 펼친 멍석 위에 산더미처럼 쌓여 있더군요.

농사일은 잘 모르지만, 올해는 지금까지 '찬투'라는 태풍이 제주도에 피해를 준 것만 제외하고 대체로 전국적으로 햇볕을 잘 받아 대부분의 농사가 잘되었나 봅니다. 코로나 때문에 누구나 힘들게 버티고 있는데 날씨라도 좋아서 농사일이 잘 되었으니 다행입니다.

그로 인해 도시에 사는 사람들에게 농산물이 때에 맞춰 잘 공급되는 것 같아 마음도 넉넉해집니다. 특히 그런 마음이 들었던 것은 '아리수'라는 품종의 사과를 선물로 받아서였는지도 모르겠네요.

계양산에서 운동하면서 알게 된 '심정구' 씨. 그 양반은 190센티미터에 가까울 만큼 큰 키에 미남이랍니다. 충남 예산 출신으로 인천에 살면서 건설업을 하고 있는데 저에게 매일 아침 카톡으로 좋은 이야기를 전해준답니다.

그런 그가 얼마 전에 파주의 사과밭에서 사과를 수확하는 사진을 보내왔지요. 그러면서 처음 수확한 것이라며 맛보라고 한 박스를 직접 가져다 주었답니다. 평소 어울려 보고 싶은 사람이었는데 좋은 날 다 가기 전에 놓치지 말고 만나야겠습니다.

자! 그래서 시장에서 꽃게와 오징어, 고기 등은 샀지만 사과는 사지 않았지요. 하지만 인천에서 가장 저렴하고 친절하다는 계양산 전통시장의 분위기에 취해서 기분이 좋았고 시장 안의 상품들이 모두 제 것 같아 신나기도 했답니다.

흔히 가을이면 산과 바다와 들판에서 풍성한 수확의 기쁨을 누릴 텐데, 도시의 시장에서 그렇게 잘된 많은 농수산물을 직접 보는 것도 마치 가을의 수확을 맛보는 만큼 큰 기쁨이랍니다.

그런데 그렇게 풍요로운 가을 속에서 추석을 맞아 당장 고향 방문 등이 있을 텐데 코로나 때문에 걱정이 너무 큽니다. 빨리 코로나에서 벗어나 모든 일에 의욕을 갖고 재미있게 살아야겠습니다만 기울어지고 위축된 생활 때문에 한정된 수명이 헛되게 쓰이는 것 같아 아깝기만 하네요.

그저 예전처럼 누구나 마음 편하고 건강하게 언제 어디라도 찾아가서 하고 싶은 일을 하며 먹고 마시고 놀면서 신나게 살아갈 수 있다면 좋겠습니다.

추석

내일이면 추석입니다.

그래서 먼저 좋은 추석 보내시기를 진심으로 빌어드립니다.

"즐거운 추석 보내세요!"

하지만 밤하늘의 둥근 보름달을 올려다보는 것조차 관심을 두지 않을 만큼 추석의 의미가 약해졌다고 말하는 사람들도 많이 있더군요. 이는 추석과 관련되는 풍속이 우리의 현재 생활과 환경에 맞지 않기 때문에 하는 말일 것입니다.

그래서 어린 학생들이 책에서 읽은 과거의 세시풍속에 관해 물어볼 때 예전과 지금의 생활은 아주 다르다며 현실적인 애기를 해주었답니다. 그랬더니 그들은 나에게 동심을 파괴했다며 나를 '동심 파괴자'라고 놀려대기도 하더군요.

그래요! 문명의 발달과 지구온난화 등 많은 이유로 과거와 현재의 생활에 변화가 생겼으니 풍속이 과거와 같을 수는 없겠지요.

그런데 거기에다 코로나바이러스에 의한 전염병 때문에 명절 때 가족들이 만나 차례를 지내거나 성묘 등의 미풍양속도 제대로 지키지 못하게 되었습니다.

이번 추석에는 코로나19 때문에 고향을 방문하거나 가족 친지들과의 만남도 예년에 비해 줄어들 것으로 예상한답니다. 나도 교습소 학생들이 자가 격리를 하는 등 심리적 불안과 같은 이유로 집에서 휴식을 취할까 합니다.

나는 대한민국의 중산층 정도에 속하는 60대 중반의 평범한 시민으로서 코로나19로부터 오는 영향을 함께 겪고 있답니다. 그런데 코로나 때문에 생활의 많은 부분에 제약받게 되니 불안감이 생기면서 몸과 마음이 움츠러들더군요. 그래서 노년의 삶에선 새로운 희망을 품기보다 오히려 건강하게 생활하기 위해 농어촌이나 산촌에서 토속적인 일을 하며 사는 것이 좋지 않겠냐는 생각도 일어난답니다. 그곳에 살더라도 각종 통신 수단을 통해 세상사를 알 수 있고 교통도 발달하였으니 필요할 때 얼마든지 이동할 수 있으니까요.

마침 추석입니다. 추석은 귀향을 떠올리지요. 귀향은 마치 시골에 있는 고향을 찾는 것을 말하는데 비록 고향이 도시라고 해도 시골을 떠올리는 것은 마음의 고향이 자연에 있기 때문일 것입니다. 자연은 근본적으로 순수라고 하니 이번 추석엔 모두 순수를 찾아 잘 지내기를 바랍니다.

위통 해프닝

　20년 전부터 글을 써오면서 심신이 제대로 순화되고 있다는 것을 느낄 수 있답니다. 글을 쓰다 보니 지난 일들이 떠오르며 후회와 반성에 이어 고침을 갖게 되고 또한 여러 가지 정보를 찾아보며 상식과 지식이 늘게 되지요. 그러자 어떻게 살아가는 것이 옳은 것인가를 생각하며 자신을 통제하고 도리를 다하는 삶에 익숙해지게 된답니다.

　그러면서 그동안 써온 글들로 15권 정도 책을 출간했는데 영어에 관한 전문 서적이 5권, 팝송과 연관된 추억을 담은 책이 2권, 시사에 관한 내용을 담은 책이 2권 그리고 나머지는 생활에 대한 것이 되었지요. 그 책들은 출판사의 기획출판에 의한 것도 있고 자비출판에 의한 것도 있는데 출판의 목적이 돈을 벌겠다는 것이 아니라 세상에 내놓는다는 것이 우선이었답니다. 그래서 나의 책을 출판해준 출판사들에 무한한 고마움을 느끼고 있지만 많이 팔리지 않아 도움이 되지 못한 것에 대해 미안하기도 합니다.

　어쨌든 글쓰기가 취미가 되면서 하루라도 글을 쓰지 않으면 하루가 정리되지 않는 것 같은 기분이 들기도 했지만 코로나19 팬데믹이 되면서 생활이 흔들리기 시작했습니다. 학생들이 줄어들고 모집되지 않는 시간이 점차 길어지자 차분한 마음으로 글을 쓰는 것에서 멀어지면서 한동안 글감에 관한 생각조차 갖지 않기도 했었지요.

하지만 마냥 그렇게만 있을 수 없었기에 마음을 안정시키며 어려움을 이겨내기 위해 계양산을 적극적으로 오르내렸답니다. 그랬더니 지난날들이 기억되는 등 여러 가지 감정이 생기면서 카톡을 이용해 다시 글을 쓰게 되었지요. 그러면서 그 내용들을 200여 명 독자에게 바로 보냈더니 피드백까지 받게 되었답니다.

그랬던 내용이 어느덧 책 한 권이 넘을 정도의 양이 되었기에 책을 내기로 마음먹고 모든 글을 컴퓨터에 옮기면서 정리하기 시작했습니다. 그런데 어느 날 배에 약간의 통증이 느껴지기 시작하더군요. 그래서 즉시 병원을 찾아 위내시경 검사를 받았답니다.

그랬더니 의사가 사진을 보여주며 위에서 헬리코박터 균이 발견되었고 위 벽에 넓게 볼록 올라온 이상한 부분이 보이기에 그곳의 네 군데 조직을 떼어냈으며 조직검사를 한 뒤 그 결과를 10일 뒤에 알려준다고 말하더군요. 생전 처음 그런 일을 겪게 되니 걱정이 앞서 일이 손에 잡히지 않는 것은 물론 글을 쓰고 싶은 의욕도 사라지고 말았답니다.

결과를 기다리기까지의 열흘은 걱정과 긴장의 연속이었습니다. 여러 가지 생각이 끊임없이 밀려왔기 때문이었지요.

왜 그런 것이 생겼을까? 어떤 결과가 나올까? 만일 암이라면 수술은 어떻게 될까? 지금 하는 영어교육은 어떻게 할까? 수술 후 산에서 살까 바닷가에서 살까?

그렇게 흔들렸지만 검사 결과가 나오는 날 의사 선생님을 다시 만나면서 그동안의 산만함이 모두 정리될 수 있었답니다.

"위궤양 때문에 생긴 것인데 너무 심해서 그런 것입니다. 그렇지만 그것이 암 발생의 원인이 될 수 있으니 우선 약으로 치료받은 뒤 3개월 있다가 다시 내시경 검사를 해보아야 확실히 알 수 있을 것 같습니다.”

그 말에 일단 당장 긴장은 해소된 듯했습니다. 그러나 앞으로 3개월 동안 약을 잘 먹고 조심스럽게 지내야겠지요. 그리하여 위내시경을 받으며 걱정과 긴장을 했던 일들이 부디 위궤양에 따른 해프닝이었기를 바랍니다.

하지만 이번 일로 건강에 관한 관심이 훨씬 더 높아졌고 또한 지금 하는 일이 소중하다는 것도 알 수 있었답니다. 그런 만큼 앞으로는 음식을 조심하고 운동도 꾸준히 하며 영어교육도 스트레스 없이 재미있게 즐기듯 할 것이랍니다.

놀라운 택배

고객님의 소중한 상품이 배송 예정입니다.

상품명: 진한 유기농 양배추즙.

배송 시간: 9 ~ 11시.

아침에 계양산에서 운동하고 있던 8시 56분에 들어온 휴대전화 문자 메시지랍니다. 그런데 아무리 생각해봐도 그것은 내가 주문한 것이 아니었지요.

마침 아내도 함께 운동 나왔기에 즉시 아내에게 물었습니다. 그랬더니 아내가 양배추즙을 시키기 위해 인터넷 홈쇼핑 사이트에 접속했지만, 신용카드 결제가 잘되지 않아 포기했었는데 아마도 된 것 같다고 하더군요. 그래서 그냥 집에 가 있으면 받을 수 있을 것이라며 귀가하여 기다렸답니다.

그렇지만 약속된 시간이 지나도 오지 않기에 '신종사기가 발생했나!'라는 생각을 하면서 카드 결제 내역을 자세히 살펴보았으나 결제된 내용도 없었답니다. 그래서 요즘엔 먼저 물건을 보내놓고 나중에 전화로 연락하여 각종 정보를 알아내는 사기인지도 모르니 조심하라고 아내에게 말해주었지요.

그때 휴대전화 메시지가 도착했다는 소리가 나서 열어보니 교습소문과 그 앞에 놓인 상품을 찍은 사진이 첨부되어 있었습니다. 그래서 사진을 확대하여 상자에 부착된 송장의 글을 읽어보려고 했으나 잘 보이지 않았습니다. 하는 수 없이 출근하여 직접 확인할 수밖에 없었지요.

오후 2시쯤 교습소에 도착하면서 문 앞에 놓인 상자를 들고 안으로 들어가 살펴보니 '성규석'이라는 이름이 눈에 띄더군요. 규석은 지난 5월에 해병대에 입대한 제자랍니다.

하지만 군에 있는 규석이 그것을 보냈다는 것은 불가능하다는 생각에 즉시 규석 어머니께 전화를 드렸습니다. 그러자 규석 어머니는 그것을 보내지 않았다면서 아마 규석이 보냈을 것이라고 하더군요. 규석은 가끔 여러 제품을 보내오는데 자신에게도 헤어드라이어를 보내왔다고 했습니다.

아니 군 복무를 하면서 무슨 돈이 있다고, 더구나 사병이 군 복무 중 어떻게 그런 것을 할 수 있었던 것인지 놀랍고 신기하기만 했답니다. 규석은 내가 카톡에 올린 위가 아프다는 글을 읽고 치료에 도움을 주려고 그랬나 봅니다.

나는 규석이 보내준 놀라운 택배에 담긴 마음과 행동에 카톡으로 고마움을 전하면서 세상이 많이 달라졌다는 것을 실감할 수 있었답니다.

●
,

살아오며 많은 우여곡절을 겪었습니다. 그 가운데는 치명적인 좌절
도 있었지만 결국 다시 일어섰습니다. 따지고 보면 절망이나 희망 등
모든 것이 마음에서 일어났던 것이었기에 살아있다는 것은 육체보다
마음을 말하는 것일 겁니다.

마음가짐이 그토록 중요한데 마음이 자꾸 바뀝니다. 그래서 변하지
않는 마음을 갖겠다며 산과 어울렸더니 산에 동화되더군요. 그렇게
산이 마음에 채워지면 어려운 결정을 할 때 하늘에 의지하게 됩니다.
살아오면서 내 뜻보다는 우연히 나의 것이 된 일들이 많은데 '우연이
바로 하늘의 도움'이었다고 생각합니다. 하늘은 자연이니 자연을 사랑
하고 보호해야 하늘인 자연도 나를 사랑해주고 보호해 줄 것입니다.